日本へ旅行に行き

問路、買東西、搭車，

只要有這一本就不用煩惱！

即使不會日文，超新手也能玩翻日本！

せつめい

使用說明

1 旅遊達人的貼心小提醒，讓你更懂日本更開心

搭飛機前要注意什麼？日本的交通卡有哪些？哪些景點值得一遊？去神社參拜要注意什麼？讓旅遊達人一一向你介紹這些日本自由行的眉眉角角，還有活潑漫畫實際模擬在日本的情境，出發前就能體驗旅行氛圍！

1

開心出發免煩惱

搭飛機這樣說！

010

小花的遊日

貼心小提醒

第一次日本租車就上手

在日本搭地鐵自助旅行雖然很方便，但有些不可錯過的必去景點可能還是得靠自駕來完成，我自己試過一次租車旅行後，發現玩得超過癮，想去哪就去哪，不用擔心趕不上巴士，又能一邊開車一邊欣賞沿途美景和自然風光，自由自在隨心所欲的深入日本之旅，真的是非常美好的體驗啊！

雖然日本是右駕，但只要遵守交通規則及一些注意事項，其實也是可以很快就上手的！以下提供給大家租車的相關資訊，你也可以來趟難忘的自駕遊日本喔！

台灣旅客申請日文譯本的方法

1. 到各縣市的監理站申請「台灣駕照之日文譯本」，所需費用為 100 元（自行翻譯者無效），持有台灣交通部所發的國際駕照不可於日本駕駛。
2. 租車時，必須攜帶護照、有效駕照及日文譯本，才能在日本開車，租車店的服務人員會影印下來，並請你填相關表格。

上述申請手續及需要遞交文件等訊息有可能隨時更改，詳情以台灣交通部公路總局公佈為準：http://www.thb.gov.tw/

在日本駕車的小叮嚀

日本是右駕國家

日本駕駛座與台灣相反，第一次駕車時，建議先慢慢熟悉，不要開太快趕路，和前方車輛保持距離。

開車時不可使用手機

根據日本的法規，駕駛時不可使用手機（即使配備免持裝置亦不可）！

059

7大主題大量情境，囊括自由行所有重要會話

本書囊括「搭飛機」、「搭乘交通工具」、「住宿」、「享受美食」、「購物」、「參訪遊覽」、「緊急狀況」七大主題，再細分各個旅行途中會遇上的情境，最好用、最全面的萬用句讓你溝通無阻礙！

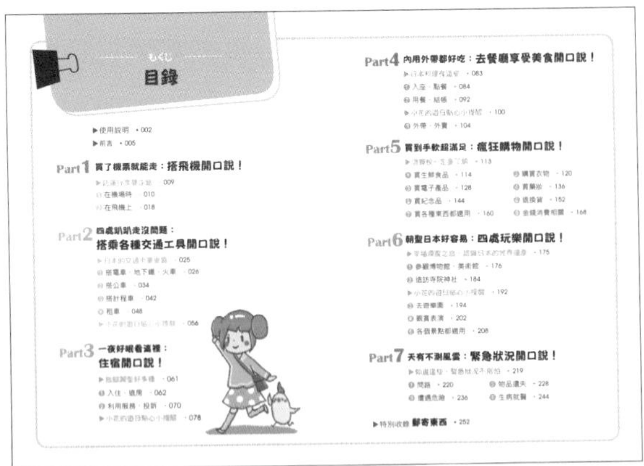

もくじ

目錄

單句情境會話最實用，提供羅馬拼音和專業外師錄音，怎麼開口不用愁

5-2 購買衣物

每次去日本旅行，荷包一定守不住，尤其看到街上服飾店林立，店內擺著最新流行的款式，又碰上打折季，真的很難不心動。在國外買衣服，因為退換貨很麻煩，所以我購買之前一定會試穿，這時若準備一些簡單的日文會話，就會方便許多。

❶ 試着してもいいですか。 Track 0119
Shichaku shite mo ii desu ka
可以試穿嗎？

❷ 色違いはありますか。 Track 0120
Iro chigai wa arimasu ka
有別的顏色嗎？

❸ もっと明るい色のものはありますか。 Track 0121
Motto akarui iro no mono wa arimasu ka
有顏色亮一點的嗎？

❹ マネキンが着ているあの服を試着したいのですが。 Track 0122
Manekin ga kiteiru ano fuku o shichaku shitaino desu ga
我想試試假人身上的那套衣服。

❺ ショーウインドーのあの服を取ってもらえませんか。 Track 0123
Shoo-uindou no ano fuku o totte moraemasen ka
可以幫我拿櫥窗展示的那件衣服嗎？

120

121

本書在每個情境都提供許多單句會話，讓你可以直接開口說！不會五十音也沒關係，單句會話全數附上羅馬拼音，也特別聘請專業外師錄音，用最道地的發音讓你不用擔心開口講日文！

4 學了會話再學單字，掌握更多讓你輕鬆遊日本

除了單句會話之外，本書更提供補充單字！即使機場和路上的牌子都是日文也不用擔心。本書提供最常用到的單字，有狀況就能馬上使用，一個人遊日本也不用擔心！

はじめに

前言

大家都說英文是國際的通用語，但要是想去的國家母語不是英文，怎麼辦？原本我不怎麼擔心，想說出國了即使語言不通，還有萬用的肢體語言，比手畫腳也是沒問題的。

但等我到了日本，才發現事情沒有那麼簡單，對日本人來說英文畢竟是外語，沒辦法流暢溝通，而比手畫腳更是常常碰壁。因此，我痛定思痛，決定下次去日本自由行時，一定要會幾句簡單的常用日文，才能順利和日本人溝通。尤其是當一個人旅行時，萬一遇到什麼困難，就只能靠自己主動開口問人或求助了。

我總結了自己在日本的經驗，將常常會用到的句子整理成冊，再補充許多的單字，希望能全方面幫助每個到日本自由行的人可以順利講日文！同時也考量到很多人其實不熟悉五十音，特別在每個句子及單字旁標註了羅馬拼音，也請專業的外師錄音，讓你熟悉發音！

另外，文化問題也是自由行時需要注意的，因此我也撰寫了日本文化相關的內容，像是去神社要注意什麼、住宿泡湯小叮嚀等，希望能幫助你順利融入日本，享受自由行！

翻開書，熟讀這些句子，然後我們就可以買張機票，準備去日本啦！

もくじ

目錄

Part4 內用外帶都好吃：去餐廳享受美食開口說！

Part5 買到手軟超滿足：瘋狂購物開口說！

Part6 朝聖日本好容易：四處玩樂開口說！

Part7 天有不測風雲：緊急狀況開口說！

開心出發免煩惱

搭飛機這樣說！

託運行李要注意！

要去日本自由行了超興奮！會不會準備了好多東西想帶到日本？或是到了日本忍不住大買特買，結果行李大增量？但是託運的時候千萬要注意航空公司的規定，以免行李上不了飛機。要注意的規定有：

1. 行李的大小限制：行李可分為手提行李及託運行李，二者的規定不太相同，在上飛機之前要記得查詢航空公司的規定。無論是行李的長寬高、重量，以及可託運的總件數都要確認過喔！

2. 違禁物品不要帶：各種刀具（包含剪刀、指甲刀等生活用品）都是違禁物品，不小心放進行李的話會被沒收的！另外，打火機、行動電源、備用電池等物品不可託運，而帶上飛機的液體須小於 100ml 才能帶上飛機。可以帶上飛機的物品有諸多限制，在上飛機前也要查詢航空公司的規定，再三確認喔！

1-1 在機場時

出國、回國的必經之地就是機場啦！像我這麼熱愛旅行的人，每次都覺得搭機程序有點複雜，尤其到了不同國家的機場，總有許多事項需要先確認清楚，才能安心。以下的搭機會話非常簡單好記，只要學起來，下次在機場就能派上用場囉！

ヤマト航空（こうくう）の受付（うけつけ）カウンターはどこにありますか。

?

❶ ヤマト航空(こうくう)の受付(うけつけ)カウンターはどこにありますか。 ◀ *Track 0001*

Yamato koukuu no uketsuke kauntaa wa doko ni arimasu ka

大和航空公司的櫃檯在哪裡？

❷ NH123 の搭乗(とうじょう)手続(てつづ)きは何時(なんじ)から始(はじ)まりますか。 ◀ *Track 0002*

NH hyaku nijuu san no toujou tetsuzuki wa nanji kara hajimarimasu ka

NH123 的登機手續是幾點開始辦理？

❸ 通路側(つうろがわ)と窓側(まどがわ)、どちらのお座席(ざせき)がよろしいでしょうか。 ◀ *Track 0003*

Tsuurogawa to madogawa, dochira no ozaseki ga yoroshii deshou ka

您要靠走道還是靠窗的坐位呢？

❹ 通路側(つうろがわ)でお願(ねが)いします。 ◀ *Track 0004*

Tsuurogawa de onegai shimasu

我要靠走道的的位子。

❺ 窓側(まどがわ)でお願(ねが)いします。 ◀ *Track 0005*

Madogawa de onegai shimasu

請給我靠窗的座位。

❻ 搭乗手続きをお願いします。 Track 0006

Toujou tetsuzuki o onegai shimasu

請幫我辦理登機。

❼ 搭乗ゲートは何番ですか。 Track 0007

Toujou geeto wa nanban desu ka

是幾號登機門？

❽ 私が乗る便の搭乗ゲートはここでしょうか。 Track 0008

Watashi ga noru bin no toujou geeto wa koko deshou ka

我的登機門是這裡嗎？

❾ 何時から搭乗できますか。 Track 0009

Nanji kara toujou dekimasu ka

幾點開始登機？

❿ 出発時刻は何時ですか。 Track 0010

Shuppatsu jikoku wa nanji desu ka

起飛時間是幾點？

⓫ ネットでチェックインしたんですけど。 Track 0011

Netto de chekkuin shitan desu kedo

我有在網路上預辦登機。

⑫ 会員(かいいん)は空港(くうこう)のＶＩＰルームを使(つか)ってもいいですか。 Track 0012

Kaiin wa kuukou no vip ruumu o tsukattemo iidesu ka

會員可以使用機場貴賓室嗎？

⑬ 荷物(にもつ)は何(なん)キロまでですか。 Track 0013

Nimotsu wa nan kiro made desu ka

行李可以到幾公斤重呢？

⑭ お荷物(にもつ)、重量(じゅうりょう)オーバーです。 Track 0014

Onimotsu, juuryou oubaa desu

行李超重了。

⑮ これは機内(きない)に持(も)ち込(こ)みできますか。 Track 0015

Kore wa kinai ni mochikomi dekimasu ka

這個可以帶進飛機嗎？

⑯ NH123の荷物(にもつ)はどこから出(で)てきますか。 Track 0016

NH hyaku nijuu san no nimotsu wa doko kara dete kimasu ka

NH123 的行李會從哪裡出來呢？

⑰ 荷物(にもつ)が見(み)つからないのですが。 Track 0017

Nimotsu ga mitsukaranai no desu ga

我找不到我的行李。

⑱ 私(わたし)の荷物(にもつ)が出(で)てこないんですが。 *Track 0018*

Watashi no nimotsu ga dete konain desu ga

我的行李沒出來。

⑲ 私(わたし)のスーツケースが壊(こわ)れています。 *Track 0019*

Watashi no suutsu keesu ga kowarete imasu

我的行李箱壞了。

⑳ 旅行(りょこう)の目的(もくてき)は何(なん)ですか。 *Track 0020*

Ryokou no mokuteki wa nan desu ka

此行的目的是什麼呢？

㉑ 観光(かんこう)です。 *Track 0021*

Kankou desu

來觀光。

㉒ どれぐらい滞在(たいざい)する予定(よてい)ですか。 *Track 0022*

Dore gurai taizai suru yotei desu ka

預計停留多久呢？

㉓ 滞在(たいざい)は一週間(いっしゅうかん)の予定(よてい)です。 *Track 0023*

Taizai wa isshuukan no yotei desu

將停留一個禮拜。

㉔ 帰(かえ)りの航空券(こうくうけん)を持(も)っていますか。 Track 0024

Kaeri no koukuuken o motte imasu ka

你有回程的機票嗎？

㉕ 申告(しんこく)するものは何(なに)もありません。 Track 0025

Shinkoku suru mono wa nani mo arimasen

我沒有需要申報的東西。

1-1

在機場時

的相關單字！

① 空港（くうこう） kuukou 機場

② パスポート pasupooto 護照

③ 航空券（こうくうけん） koukuuken 機票

④ 荷物（にもつ） nimotsu 行李

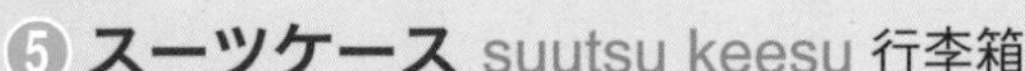

⑤ スーツケース suutsu keesu 行李箱

⑥ 受付（うけつけ） uketsuke 櫃台

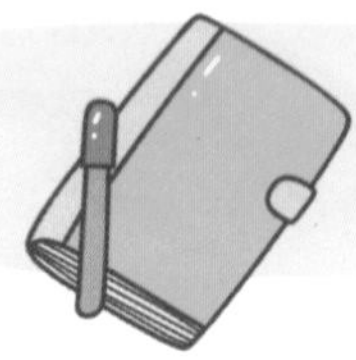

⑦ 申告（しんこく） shinkoku 申報

❽ 観光（かんこう） kankou 觀光

❾ 滞在（たいざい） taizai 停留

❿ 出発時刻（しゅっぱつじこく） shuppatsu jikoku 起飛時間

⓫ 搭乗（とうじょう） toujou 登機

⓬ ゲート geeto 登機門

⓭ 待合室（まちあいしつ） machiaishitsu 待機室

⓮ ラウンジ raunji 貴賓室

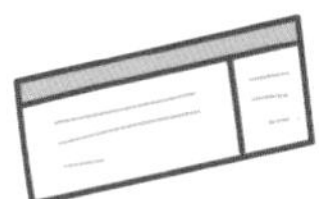

⓯ チケット chiketto 機票

1-2 在飛機上

我的個性有點囉嗦又討厭吃虧，總覺得花錢搭飛機就是要開心滿足，所以在飛機上不論遇到什麼狀況，都一定會主動反映。面對坐在身旁的他國乘客、熱心服務的空服員，我都會盡量用外語和他們表達我的需求，他們通常都會熱心地回應我，下次搭飛機時，你也可以試試看！

❶ すみません、ここは私(わたし)の席(せき)です。 Track 0026

Sumimasen, koko wa watashi no seki desu

不好意思，這是我的位子。

❷ 私(わたし)の席(せき)はどこですか。 Track 0027

Watashi no seki wa doko desu ka

請問我的座位在哪裡？

❸ すみません、通(とお)してください。 Track 0028

Sumimasen, tooshite kudasai

不好意思，請借我過。

❹ 私(わたし)と席(せき)を替(か)わっていただけますか。 Track 0029

Watashi to seki o kawatte itadakemasu ka

可以拜託您和我換個位子嗎？

❺ 棚(たな)に荷物(にもつ)が入(はい)らないのですが……。 Track 0030

Tana ni nimotsu ga hairanaino desu ga

行李放不進櫃子裡耶……。

❻ ヘッドホンをください。 Track 0031

Heddohon o kudasai

請給我耳機。

⑦ 毛布(もうふ)をください。 ◀ Track 0032

Mouhfu o kudasai

請給我毯子。

⑧ 中国語(ちゅうごくご)の新聞(しんぶん)はありますか。 ◀ Track 0033

Chuugokugo no shinbun wa arimasu ka

有中文報紙嗎？

⑨ 免税品(めんぜいひん)のカタログはありますか。 ◀ Track 0034

Menzeihin no katarogu wa arimasu ka

有免稅品的型錄嗎？

⑩ ベジタリアン料理(りょうり)はありますか。 ◀ Track 0035

Bejitarian ryouri wa arimasu ka

有提供素食餐點嗎？

⑪ 何(なに)か食(た)べるものはありますか。 ◀ Track 0036

Nani ka taberu mono wa arimasu ka

有什麼吃的嗎？

⑫ 食事(しょくじ)の時(とき)に起(お)こしてください。 ◀ Track 0037

Shokuji no toki ni okoshite kudasai

要用餐時請叫醒我。

⑬ 何(なに)がありますか。 ◀ Track 0038

Nani ga arimasu ka

有些什麼呢？

⑭ コーヒーをください。 Track 0039

Koohii o kudasai

請給我咖啡。

⑮ 紅茶（こうちゃ）をください。 Track 0040

Koucha o kudasai

請給我紅茶。

⑯ ちょっとおなかがすきました。 Track 0041

Chotto onaka ga sukimashita

我有點餓。

⑰ 機内食（きないしょく）のお替（かわ）りはできますか。 Track 0042

Kinaishoku no okawari wa dekimasu ka

能多要一份餐點嗎？

⑱ アイマスクをください。 Track 0043

Aimasuku o kudasai

可以給我眼罩嗎？

⑲ トレイを下（さ）げてもらえますか。 Track 0044

Torei o sagete moraemasu ka

能幫我收掉餐盤嗎？

⑳ **気分が悪いのですが……。** (きぶん・わる)　◀ Track 0045

Kibun ga waruino desu ga

我人不太舒服。

㉑ **飛行機酔いしてしまったようです。** (ひこうき・よ)　◀ Track 0046

Hikouki yoi shite shimatta you desu

我好像暈機了。

㉒ **耳鳴りがします。** (みみな)　◀ Track 0047

Miminari ga shimasu

我耳鳴。

㉓ **薬はありますか。** (くすり)　◀ Track 0048

Kusuri wa arimasu ka

請問有藥嗎？

㉔ **あとどれぐらいで到着しますか。** (とうちゃく)　◀ Track 0049

Ato dore gurai de touchaku shimasu ka

還有多久會抵達呢？

㉕ **定刻に到着しますか。** (ていこく・とうちゃく)　◀ Track 0050

Teikoku ni touchaku shimasu ka

會準時抵達嗎？

1-2

在飛機上

的相關單字！

1 席（せき） seki 座位

2 毛布（もうふ） moufu 毯子

3 アイマスク aimasuku 眼罩

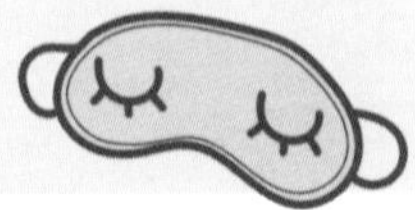

4 免税品（めんぜいひん） menzeihin 免稅品

5 飛行機酔い（ひこうきよ） hikouki yoi 暈機

6 耳鳴り（みみな） miminari 耳鳴

7 薬（くすり） kusuri 藥

8 機内食（きないしょく） kinaishoku 飛機餐

2

四處趴趴走沒問題
搭乘交通工具開口說！

日本的交通卡

就像台灣有悠遊卡和一卡通一樣，日本也有可以同時支付地鐵、公車、電車等車資的交通卡，而且有非常多種！近年來這些不同的交通卡也陸續進行系統整合，各大地區幾乎都通用了。以下舉例三張交通卡，但日本在不同地區也還有不同的交通卡可以購買使用喔！

1. Suica（西瓜卡）：除了支付車資外，在有交通卡相關圖示的商店也可以作為支付工具。可至 JR 東日本的多功能售票機、JR 售票處儲值及購買。

2. PASMO：Suica（西瓜卡）可使用的範圍，PASMO 也幾乎都可使用，亦可在有交通卡相關圖示的商店作為支付工具。可至東京地鐵、都營地鐵及東京地區私鐵車站儲值及購買。

3. ICOCA 卡：是關西地區使用的交通卡，在 JR 西日本各車站或是任何標有 ICOCA 標誌的自動售票機都有販售。

2-1 搭電車、地下鐵、火車

去日本自助旅行時，選擇搭電車與地下鐵都非常方便。不過日本的地鐵路線圖每次都讓我眼花撩亂，實在太複雜了。經過幾次迷路、搭錯站、買錯票的慘痛經驗後，我養成了「不懂就要開口問」的習慣。下次去日本搭車有問題時，你也可以試著開口問站務員或路人喔！

この近（ちか）くに駅（えき）がありますか。

MAP

❶ **この近(ちか)くに駅(えき)がありますか。** Track 0051

Kono chikaku ni eki ga arimasu ka

這附近有車站嗎？

❷ **一番近(いちばんちか)い駅(えき)はどこですか。** Track 0052

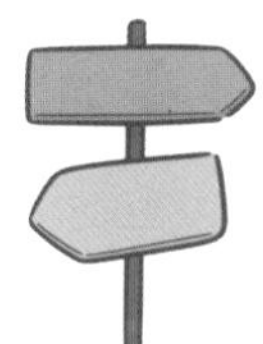

Ichiban chikai eki wa doko desu ka

最近的車站在哪？

❸ **切符売(きっぷう)り場(ば)はどこですか。** Track 0053

Kippu uriba wa doko desu ka

售票處在哪裡？

❹ **特急券(とっきゅうけん)が買(か)いたいんですが、どこで買(か)えますか。** Track 0054

Tokkyuu ken ga kaitain desu ga, doko de kaemasu ka

我想買特急券，在哪裡買得到呢？

❺ **自由席(じゆうせき)をお願(ねが)いします。** Track 0055

Jiyuu seki o onegai shimasu

我要自由席（非對號入座）。

❻ **周遊(しゅうゆう)パスは使(つか)えますか。** Track 0056

Shuuyuu pasu wa tsukaemasu ka

周遊券可以用嗎？

⑦ 片道切符（かたみちきっぷ）をお願（ねが）いします。 ◀ Track 0057

Katamichi kippu o onegai shimasu

我要單程票。

⑧ 往復切符（おうふくきっぷ）をお願（ねが）いします。 ◀ Track 0058

Ouhuku kippu o onegai shimasu

我要來回票。

⑨ 乗（の）り越（こ）し精算（せいさん）をお願（ねが）いします。 ◀ Track 0059

Norikoshi seisan o onegai shimasu

請幫我補票。

⑩ 東京（とうきょう）タワーへ行（い）くにはどこで降（お）りますか。 ◀ Track 0060

Tokyo-tawaa e iku niwa doko de orimasu ka

去東京鐵塔要在哪裡下車呢？

⑪ 地下鉄（ちかてつ）の路線図（ろせんず）はありますか。 ◀ Track 0061

Chikatetsu no rosenzu wa arimasu ka

有地鐵路線圖嗎？

⑫ 山手線外回（やまのてせんそとまわ）りは何番線（なんばんせん）ですか。 ◀ Track 0062

Yamanotesen sotomawari wa nanbansen desu ka

山手線外環方向是在幾號月台？

⑬ **この電車は東京駅に止まりますか。** Track 0063

Kono densha wa Tokyo eki ni tomarimasu ka

這輛電車會停靠東京車站嗎？

⑭ **快速電車はこの駅に止まりますか。** Track 0064

Kaisoku densha wa kono eki ni tomarimasu ka

快速電車有停這站嗎？

⑮ **この電車は東京行きですか。** Track 0065

Kono densha wa Tokyo yuki desu ka

這輛電車是開往東京的嗎？

⑯ **何時発ですか。** Track 0066

Nanji hatsu desu ka

幾點發車？

⑰ **終電は何時ですか。** Track 0067

Shuuden wa nanji desu ka

末班車是幾點？

⑱ **次の電車は何時発ですか。** Track 0068

Tsugi no densha wa nanji hatsu desu ka

下班電車是幾點發車？

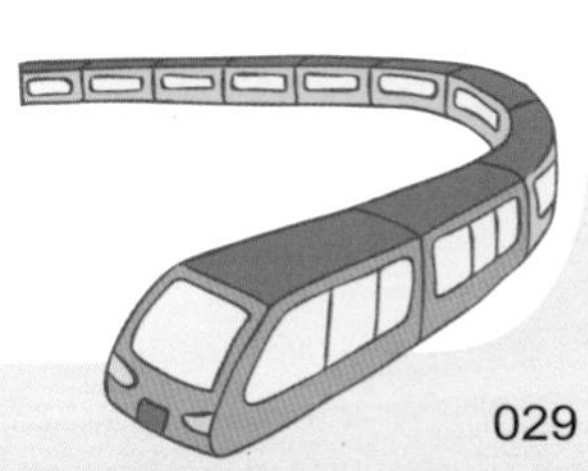

⑲ **遅(おく)れの原因(げんいん)は何(なん)ですか。** *Track 0069*

Okure no gen-in wa nan desu ka

延遲的原因為何？

⑳ **乗(の)り換(か)えは必要(ひつよう)ですか。** *Track 0070*

Norikae wa hitsuyou desu ka

需要換車嗎？

㉑ **どこで乗(の)り換(か)えますか。** *Track 0071*

Doko de norikaemasu ka

要在哪裡換車？

㉒ **ここは何駅(なにえき)ですか。** *Track 0072*

Koko wa nani eki desu ka

現在是哪一站？

㉓ **次(つぎ)の駅(えき)はどこですか。** *Track 0073*

Tsugi no eki wa doko desu ka

下一站是哪裡？

㉔ **浅草(あさくさ)まであと駅(えき)いくつですか。** *Track 0074*

Asakusa made ato eki ikutsu desu ka

到淺草還有幾站？

㉕ 反対の電車に乗ってしまいました。 Track 0075

Hantai no densha ni notte shimaimashita

我搭反方向了。

㉖ 切符をなくしてしまいました。 Track 0076

Kippu o nakushite shimaimashita

我的車票掉了。

2-1

搭電車、地下鐵、火車

的相關單字！

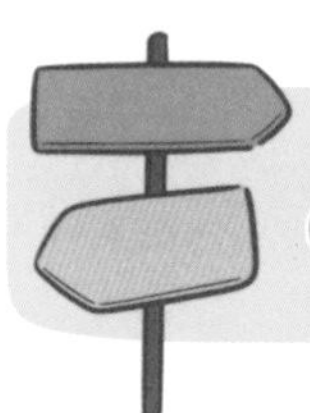

えき
① 駅 eki 車站

ち か てつ
② 地下鉄 chikatetsu 地鐵

でんしゃ
③ 電車 densha 電車

しゅうでん
④ 終電 shuuden 末班車

きっ ぷ
⑤ 切符 kippu 車票

かたみちきっ ぷ
⑥ 片道切符 katamichi kippu 車票

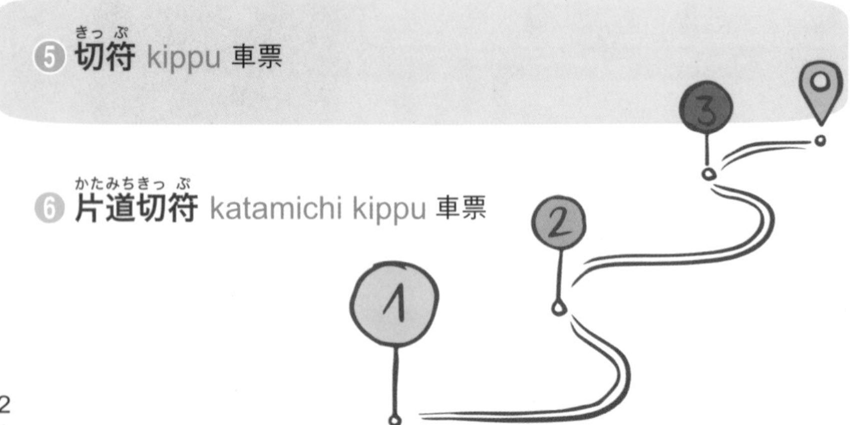

⑦ 往復切符（おうふくきっぷ） oufuku kippu 車票

⑧ 観光（かんこう） kankou 觀光

⑨ 周遊パス（しゅうゆう） shuuyuu pasu 周遊券

⑩ 改札口（かいさつぐち） kaisatsuguchi 剪票口

⑪ 切符売り場（きっぷうりば） kippu uriba 售票處

⑫ 自動券売機（じどうけんばいき） jidokenbaiki 自動售票機

⑬ 精算機（せいさんき） seisanki 自動補票機

⑭ 精算（せいさん） seisan 補票

2-2 搭公車

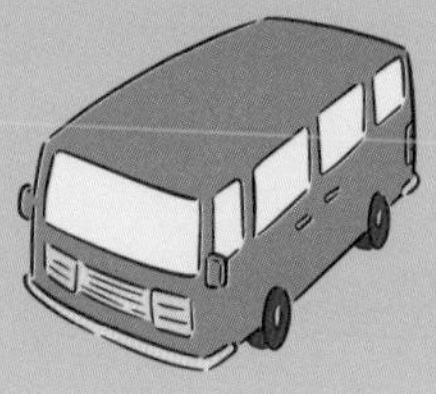

難得出國旅行，除了去市區及一些熱門景點外，我也很喜歡到郊區走走。當想去的地方地鐵到不了時，公車就是我的首選！因為搭公車需要買票或是和司機對話，所以在此提供我在異國搭車時最常使用的句子給大家，下次旅行時，你也可以試著說說看喔！

バスは何時（なんじ）に来（き）ますか。

BUS

❶ バスは何時（なんじ）に来（き）ますか。 ◀Track 0077

Basu wa nanji ni kimasu ka

公車幾點會來？

❷ この辺（へん）にバス停（てい）、ありますか。 ◀Track 0078

Kono hen ni basutei arimasu ka

附近有公車站嗎？

❸ バス停（てい）はどこですか。 ◀Track 0079

Basutei wa doko desu ka

公車站在哪裡？

❹ ここから一番近（いちばんちか）いバス停（てい）はどこですか。 ◀Track 0080

Koko kara ichiban chikai basutei wa doko desu ka

離這裡最近的公車站在哪裡？

❺ 新宿（しんじゅく）行（ゆ）きのバス停（てい）はどこですか。 ◀Track 0081

Shinjuku yuki no basutei wa doko desu ka

往新宿的公車在哪裡可以搭？

❻ このバスは新宿（しんじゅく）行（ゆ）きですか。 ◀Track 0082

Kono basu wa Shinjuku yuki desu ka

有開往新宿的公車嗎？

❼ 次(つぎ)の新宿(しんじゅく)行(ゆ)きのバスは何時(なんじ)ですか。 Track 0083

Tsugi no Shinjuku yuki no basu wa nanji desu ka

下一班開往新宿的公車是幾點？

❽ このバスは六本木(ろっぽんぎ)ヒルズを通(とお)りますか。 Track 0084

Kono basu wa roppongihiruzu o tourimasu ka

這輛公車有行經六本木之丘嗎？

❾ 新宿(しんじゅく)行(ゆ)きのバスは何分間隔(なんぷんかんかく)で来(き)ますか。 Track 0085

Shinjuku yuki no basu wa nanpun kankaku de kimasu ka

開往新宿的公車是隔多久來一班車呢？

❿ このバスは渋谷(しぶや)を通(とお)りますか。 Track 0086

Kono basu wa shibuya o tourimasu ka

這輛公車有行經澀谷嗎？

⓫ 何番(なんばん)バスに乗(の)ったらいいでしょうか。 Track 0087

Nanban basu ni nottara iideshou ka

請問我該搭幾號公車呢？

⓬ 六本木(ろっぽんぎ)ヒルズまでバス停(てい)はいくつありますか。 Track 0088

Roppongihiruzu made basutei wa ikutsu arimasu ka

到六本木之丘前會停幾站呢？

⑬ 六本木(ろっぽんぎ)ヒルズはどのバス停(てい)で降(お)りればいいですか。 Track 0089

Roppongihiruzu wa dono basutei de orireba iidesu ka

去六本木之丘要在哪裡下車呢？

⑭ 渋谷(しぶや)へは乗(の)り換(か)えが必要(ひつよう)ですか。 Track 0090

Shibuya e wa norikae ga hitsuyou desu ka

去澀谷需要轉車嗎？

⑮ ＩＣカードが使(つか)えますか。 Track 0091

IC kaado ga tsukaemasu ka

可以使用 IC 卡嗎？

⑯ バス停(てい)に着(つ)いたら教(おし)えてもらえませんか。 Track 0092

Basutei ni tsuitara oshiete moraemasen ka

到站可以請你告訴我嗎？

⑰ 次(つぎ)で降(お)ります。 Track 0093

Tsugi de orimasu

下一站下車。

⑱ 降(お)ります。

◀ Track 0094

Orimasu

我要下車。

⑲ 降(お)りるときこのボタンを押(お)せばいいですか。

◀ Track 0095

Oriru toki kono botan o oseba iidesu ka

請問要下車是按這個鈕嗎？

⑳ 乗(の)り過(す)ごしました。

◀ Track 0096

Nori sugoshimashita

我坐過站了。

㉑ 乗(の)り過(す)ごしたら、追加(ついか)料金(りょうきん)を払(はら)いますか。

◀ Track 0097

Nori sugoshitara, tsuika ryoukin o haraimasu ka

坐過站需要補票嗎？

㉒ ここはどこですか。

◀ Track 0098

Koko wa doko desu ka

這站是哪一站

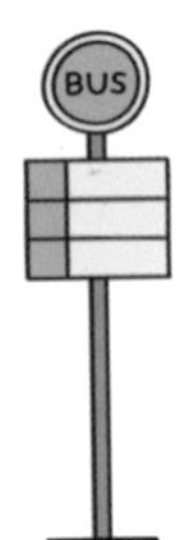

㉓ 切符(きっぷ)、間違(まちが)えました。 ◀Track 0099

Kippu, machigaemashita

我買錯車票了。

㉔ 払(はら)い戻(もど)しできますか。 ◀Track 0100

Haraimodoshi dekimasu ka

請問可以退票嗎？

㉕ お札(さつ)ならありますが、小銭(こぜに)がありません。バスの中(なか)に両替機(りょうがえき)がありますか。 ◀Track 0101

Osatsu nara arimasu ga, kozeni ga arimasen. Basu no naka ni ryougaeki ga arimasu ka

我只有鈔票沒有零錢，請問車上有兌幣機嗎？

搭公車

的相關單字！

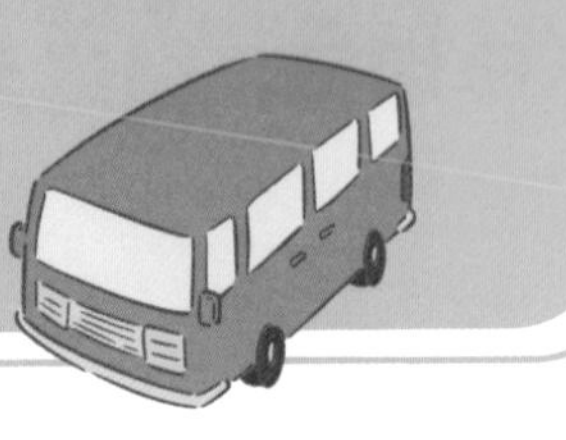

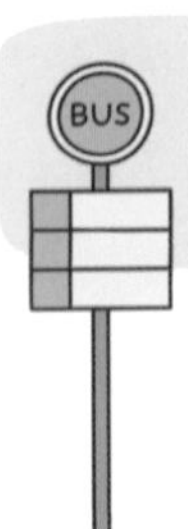

① バス basu 公車

② バス停（てい） basutei 公車站

③ 乗（の）り換（か）え norikae 轉車

④ 両替機（りょうがえき） ryougaeki 兌幣機

⑤ お札（さつ） osatsu 鈔票

⑥ 小銭（こぜに） kozeni 零錢

⑦ 降（お）りる oriru 下車

⑧ 免許証（めんきょしょう） menkyoshou 駕照

⑨ バック bakku 倒車

⑩ 右折（うせつ）する usetsu suru 右轉

⑪ 左折（させつ）する sasetsu suru 左轉

⑫ U（ユー）ターン yuutaan 迴轉

⑬ つり革（かわ） tsurikawa 公車吊環

⑭ スイカ suika 西瓜卡（交通卡）

⑮ イコカ icoka ICOCA（交通卡）

2-3 搭計程車

出國旅行人生地不熟的，若是玩到太晚錯過末班車，行李太多走不回飯店，或是到離地鐵站比較遠的地方，我就會選擇搭計程車！搭乘計程車時因為需要和司機對話，所以我都會準備一些簡單基本的句子和司機溝通。

❶ **タクシー乗(の)り場(ば)はどこですか。** Track 0102

Takushii noriba wa doko desu ka

計程車站在哪裡？

❷ **タクシーを呼(よ)んでもらえませんか。** Track 0103

Takushii o yonde moraemasen ka

能請你幫我叫計程車嗎？

❸ **どこでタクシーを拾(ひろ)えますか。** Track 0104

Doko de takushii o hiroemasu ka

哪裡可以攔到計程車？

❹ **どこへ行(い)きますか。** Track 0105

Doko e ikimasu ka

你要去哪？

❺ **東京(とうきょう)タワーまでお願(ねが)いします。** Track 0106

Tokyo-tawaa made onegai shimasu

請到東京鐵塔。

❻ **東京(とうきょう)ホテルまでお願(ねが)いします。** Track 0107

Tokyo hoteru made onegai shimasu

請送我到東京飯店。

⑦ この住所(じゅうしょ)のところまでお願(ねが)いします。 ◀ Track 0108

Kono juusho no tokoro made onegai shimasu

請送我到這個地址。

⑧ 後(うし)ろのトランクを開(あ)けてください。 ◀ Track 0109

Ushiro no toranku o akete kudasai

請打開後車廂。

⑨ 荷物(にもつ)がたくさんあります。 ◀ Track 0110

Nimotsu ga takusan arimasu

我行李比較多。

⑩ 後(うし)ろのトランクに荷物(にもつ)を入(い)れてもいいですか。 ◀ Track 0111

Ushiro no toranku ni nimotsu o iretemo iidesu ka

我的行李可以放後車廂嗎？

⑪ ちょっと急(いそ)いでください。 ◀ Track 0112

Chotto isoide kudasai

請你幫我趕一下路。

⑫ 高速道路(こうそくどうろ)を走(はし)ってもらえませんか。 ◀ Track 0113

Kousoku-douro o hashitte moraemasen ka

能請你走高速公路嗎？

⑬ 近道(ちかみち)を通(とお)ってもらえませんか。 Track 0114

Chikamichi o toutte moraemasen ka

能請你抄近路嗎？

⑭ もうちょっとゆっくり走(はし)ってもらえませんか。 Track 0115

Mouchotto yukkuri hashitte moraemasen ka

能請你開慢一點嗎？

⑮ ここから行(い)くとどのくらい時間(じかん)がかかりますか。 Track 0116

Koko kara iku to dono kurai jikan ga kakarimasu ka

從這裡出發需要花多久時間？

⑯ 渋滞(じゅうたい)ですねえ。 Track 0117

Juutai desu nee

塞車了呢。

⑰ 何(なに)か目印(めじるし)はありますか。 Track 0118

Nanika mejirushi wa arimasu ka

有什麼地標嗎？

⑱ 着(つ)きましたよ。 Track 0119

Tsukimashita yo

到了喔。

⑲ **ここで停(と)めてください。** ◀ *Track 0120*

Koko de tomete kudasai

這裡停。

⑳ **すぐ戻(もど)ってきますから、ここで待(ま)っててください。** ◀ *Track 0121*

Sugu modottekimasu kara, koko de mattete kudasai

我馬上回來，能請你在這等我嗎？

㉑ **タクシー代(だい)はいくらですか。** ◀ *Track 0122*

Takushii dai wa ikura desu ka

車資是多少？

㉒ **1万円(いちまんえん)でおつりありますか。** ◀ *Track 0123*

Ichiman-en de otsuri arimasu ka

1萬日圓可以找嗎？

㉓ **その角(かど)で止(と)まってください。** ◀ *Track 0124*

Sono kado de tomatte kudasai

請在那個轉角停車。

㉔ **レシートをください。** ◀ *Track 0125*

Reshiito o kudasai

請給我收據。

2-3 搭計程車的相關單字！

❶ **タクシー** takushii 計程車

❷ **タクシー乗(の)り場(ば)** takushii noriba 計程車乘車處

❸ **運転手(うんてんしゅ)** untenshu 司機

❹ **トランク** toranku 後車箱

❺ **高速道路(こうそくどうろ)** kousoku-douro 高速公路

❻ **渋滞(じゅうたい)** juutai 塞車

❼ **目印(めじるし)** mejirushi 地標

❽ **レシート** reshitto 收據

2-4 租車

最近出國試了一次自駕小旅行後，深刻體會到租車其實沒有想像中困難，不但能自由安排私人專屬行程，行李也能帶著到處走，更不用怕趕不上火車、地鐵，時間更好掌控。建議大家可以學習幾句簡單的租車會話，下次去日本可以試著開車到處玩樂，一定會有意想不到的獨特體驗！

❶ **レンタカーを借(か)りたいのですが。** Track 0126

Rentakaa o karitai no desu ga

我想借車。

❷ **台湾(たいわん)で予約(よやく)してあります。** Track 0127

Taiwan de yoyaku shite arimasu

我在台灣已經有先預約了。

❸ **どんな車(くるま)がありますか。** Track 0128

Donna kuruma ga arimasu ka

有什麼樣的車呢？

❹ **オートマ車(しゃ)をお願(ねが)いします。** Track 0129

Outoma-sha o onegai shimasu

我要自排車。

❺ **タバコが吸(す)える車(くるま)を借(か)りたいのですが。** Track 0130

Tabako ga sueru kuruma o karitai no desu ga

我要允許在車裡吸菸的車。

❻ **ETCカードも借(か)りることできますか。** Track 0131

ETC kaado mo kariru koto ga dekimasu ka

能租 ETC 卡嗎？

❼ カーナビはついていますか。 *Track 0132*

Kaanabi wa tsuite imasu ka

有附汽車導航嗎？

❽ チャイルドシートは付（つ）いていますか。 *Track 0133*

Chairudo shiito wa tsuite imasu ka

有附兒童座椅嗎？

❾ レンタル料（りょう）は一日（いちにち）いくらですか。 *Track 0134*

Rentaru-ryou wa ichinichi ikura desu ka

租 1 天要多少錢？

❿ 時間（じかん）超過（ちょうか）の追加（ついか）料金（りょうきん）はいくらですか。 *Track 0135*

Jikan chouka no tsuika ryoukin wa ikura desu ka

如果超過還車期限，會變成多少錢呢？

⓫ 保証金（ほしょうきん）は必要（ひつよう）ですか。 *Track 0136*

Hoshoukin wa hitsuyou desu ka

要付保證金嗎？

⓬ レンタル料金（りょうきん）に保険料（ほけんりょう）は含（ふく）まれていますか。 *Track 0137*

Rentaru ryoukin ni hokenryou wa hukumarete imasu ka

費用裡有包含保險費嗎？

⑬ **どんな保険が選べますか。** Track 0138

Donna hoken ga erabemasu ka

保險有哪些選擇呢？

⑭ **車はどこに取りに行けばいいですか。** Track 0139

Kuruma wa doko ni tori ni ikeba iidesu ka

要在哪邊取車？

⑮ **どこに返却しますか。** Track 0140

Doko ni henkyaku shimasu ka

車要還到哪裡？

⑯ **名古屋で借りてちがう場所に返してもいいですか。** Track 0141

Nagoya de karite chigau basho ni kaeshitemo iidesu ka

能在名古屋甲租乙還嗎？

⑰ **借りた場所とちがう場所に返したら、別料金がかかりますか。** Track 0142

Karita basho to chigau basho ni kaeshitara, betsuryoukin ga kakarimasu ka

甲租乙還需要付費嗎？

⑱ 返却（へんきゃく）の時（とき）、ガソリンは満タン（まん）で返（かえ）しますか。 ◀ Track 0143

Henkyaku no toki , gasorin wa mantan de kaeshimasu ka

還車時汽油要加滿嗎？

⑲ 走行距離（そうこうきょり）の制限（せいげん）はありますか。 ◀ Track 0144

Soukou kyori no seigen wa arimasu ka

沒有限制行駛里程嗎？

⑳ ここに傷（きず）があります。 ◀ Track 0145

Koko ni kizu ga arimasu

這裡有刮傷。

㉑ このカーナビは英語（えいご）の設定（せってい）ができますか。 ◀ Track 0146

Kono kaanabi wa eigo no settei ga dekimasu ka

這台導航可以設定成英文的嗎？

㉒ トラブルが発生（はっせい）した時（とき）、どこに連絡（れんらく）すればいいか教（おし）えてください。 ◀ Track 0147

Toraburu ga hassei shita toki, doko ni renraku sureba iika oshiete kudasai

請告訴我發生問題時該聯絡哪裡。

㉓ ガソリンはどのくらい入(はい)っていますか。 ◀ Track 0148

Gasorin wa donokurai haitteimasu ka

裡頭有多少油？

㉔ レギュラー、満(まん)タンで。 ◀ Track 0149

Regyuraa, mantan de

92 無鉛加滿。

㉕ 1000円分(せんえんぶん)入(い)れてください。 ◀ Track 0150

Sen-en bun irete kudasai

幫我加 1000 元份。

㉖ 事故(じこ)が起(お)こりました。 ◀ Track 0151

Jiko ga okorimashita

我出車禍了。

㉗ エンジンをちょっと調(しら)べてください。 ◀ Track 0152

Enjin o chotto shirabete kudasai

請檢查一下引擎。

㉘ パンクしました。 ◀ Track 0153

Panku shimashita

爆胎了。

㉙ バッテリーが上(あ)がりました。 ◀Track 0154

Batterii ga agarimashita

電池沒電了。

㉚ レッカー車(しゃ)に持(も)って行(い)かれました。 ◀Track 0155

Rekkaasha ni motte ikaremashita

車被拖吊了。

㉛ ガス欠(けつ)です。 ◀Track 0156

Gasuketsu desu

沒油了。

㉜ エンジンがかかりません。 ◀Track 0157

Enjin ga kakarimasen

引擎發不動。

㉝ 免許証(めんきょしょう)をお願(ねが)いします。 ◀Track 0158

Menkyoshou o onegai shimasu

請讓我看一下駕照。

2-4 租車的相關單字！

❶ 車（くるま） kuruma 車

❷ 運転席（うんてんせき） untenseki 駕駛座

❸ 助手席（じょしゅせき） joshuseki 副駕駛座

❹ シートベルト shiitoberuto 安全帶

❺ ハンドル handoru 方向盤

❻ タイヤ taiya 輪胎

❼ アクセル akuseru 油門

❽ ブレーキ bureeki 煞車

小花的遊日
貼心小提醒

第一次日本租車就上手

在日本搭地鐵自助旅行雖然很方便，但有些不可錯過的必去景點可能還是得靠自駕來完成。我自己試過一次租車旅行後，發現玩得超過癮，想去哪就去哪，不用擔心趕不上巴士，又能一邊開車一邊欣賞沿途美景和自然風光，自由自在隨心所欲的深入日本之旅，真的是非常美好的體驗啊！

雖然日本是右駕，但只要遵守交通規則及一些注意事項，其實也是可以很快就上手的！以下提供給大家租車的相關資訊，你也可以來趟難忘的自駕遊日本喔！

台灣旅客申請日文譯本的方法

1. 到各縣市的監理站申請「台灣駕照之日文譯本」，所需費用為 100 元（自行翻譯者無效）。持有台灣交通部所發的國際駕照不可於日本駕駛。

2. 租車時，必須攜帶護照、有效駕照及日文譯本，才能在日本開車。租車店的服務人員會影印下來，並請你填相關表格。

上述申請手續及需要遞交文件等訊息有可能隨時更改，詳情以台灣交通部公路總局公佈為準：http://www.thb.gov.tw/

在日本駕車的小叮嚀

▶ 日本是右駕國家

日本駕駛座與台灣相反，第一次駕車時，建議先慢慢熟悉，不要開太快趕路，和前方車輛保持距離。

▶ 開車時不可使用手機

根據日本的法規，駕駛時不可使用手機（即使配備免持裝置亦不可）！

▶ 幼兒需配備兒童座椅

根據日本的法規，未滿 6 歲的幼兒搭乘汽車時，必須配備兒童座椅，所以要記得先和租車公司預約兒童座椅才能上路喔！

▶ 取消租車要告知

若臨時要取消租車時，記得和日本租車公司聯絡，避免造成他人作業困擾。通常租車公司會收取預約取消的手續費，建議先閱讀相關規定。

▶ 避免長時間駕駛而睏倦欲睡

許多人常為了玩遍各個景點，便把行程排得很緊。但別忘了人的體力和精神是有限的，建議當你長時間駕駛感到睡意時，應換其他人來開車，或停在安全的地方休息一下。

▶ 出發前先查好要去的地點

第一次在日本自駕，一定得花時間熟悉駕駛，建議事先安排好路線與行程，上路更安心，也避免駕車時浪費寶貴的時間查詢。

▶ 發生事故時，應留在現場

若不幸在旅程中發生事故，千萬不要直接開回飯店，否則會被視為肇事逃逸。最佳的做法是保持冷靜，先聯絡警方，再與租車公司聯絡。

▶ 還車務必準時

建議盡量比預定更早的時間回到租車公司還車，若要延遲還車，一定要盡早與租車公司聯絡。注意！超過預約的時間歸還，租車公司會另外加收罰金。

▶ 還車前要加滿油

部分租車公司會規定承租者提供加滿油的收據，因此最好事先和租車公司確認清楚。另外，若車子沒有加滿油，租車公司會請你另付一筆加油費，這筆費用通常會比在一般加油站的花費更昂貴。

3

一夜好眠看這裡

住宿開口說！

咦⋯⋯好像怪怪的⋯⋯

!!!

不好意思，我把鑰匙忘在房間了⋯⋯

旅館類型好多種

預定日本的旅館之前，可以先查查看什麼樣的旅館比較符合需求，以下介紹幾種常見的旅館房型：

1. 膠囊旅館：如果預算吃緊的話，膠囊旅館不失為一個選擇。膠囊旅館一般僅提供一個床位，並以布簾隔出床位空間，而其他空間皆與其他旅客共享。

2. 背包客棧、青年旅社：價格低廉，除了提供類似膠囊旅館的房型外，也會提供私人房型，更有公共休息區及廚房可以使用，還有機會和來自不同國家的旅客交流！

3. 旅館：旅館分成很多不同等級，無論是老字號的日本旅館、國際連鎖飯店，或是規模較小的民宿，都是旅館。如果到了日本想體驗看看傳統的和風榻榻米，也要記得在訂房時挑選喜歡的房型喔！

4. 短租公寓：在日本也可以找到標準家庭格局的公寓型民宿，裡頭設備一應俱全，生活非常方便，也不需要和不認識的旅客共享空間。

3-1 入住、退房

「訂旅館」是喜歡自助旅遊的人所應具備的基本功，從預訂、入住到退房，每個步驟都是大學問！除了辦理一些基本手續外，我也常用簡單的日文詢問櫃檯：「附近有什麼好玩的」、「請問有周邊地圖嗎」……都能獲得許多實用的資訊喔！

❶ **部屋(へや)を予約(よやく)してあります。** ◀Track 0159

Heya o yoyaku shite arimasu

我有訂房。

❷ **予約(よやく)していないのですが、泊(と)まれますか。** ◀Track 0160

Yoyaku shite inaino desu ga, tomaremasu ka

我沒有事先訂房，能夠入住嗎？

❸ **空室(くうしつ)はありますか。** ◀Track 0161

Kuushitsu wa arimasu ka

有空房嗎？

❹ **シングルルームをお願(ねが)いします。** ◀Track 0162

Shinguru ruumu o onegai shimasu

我要一間單人房。

❺ **ツインルームは一日(いちにち)いくらですか。** ◀Track 0163

Tsuin ruumu wa ichinichi ikura desu ka

雙人房一天多少錢？

❻ **もっと安(やす)い部屋(へや)はありませんか。** ◀Track 0164

Motto yasui heya wa arimasen ka

有更便宜的房間嗎？

❼ **今日（きょう）はもう満室（まんしつ）ですか。** ◀Track 0165

Kyou wa mou manshitsu desu ka

今天已經滿房了嗎？

❽ **チェックインをお願（ねが）いします。** ◀Track 0166

Chekku in o onegai shimasu

我要登記入住。

❾ **何時（なんじ）にチェックインできますか。** ◀Track 0167

Nanji ni chekku in dekimasu ka

幾點可以登記入住呢？

❿ **早（はや）めにチェックインしてもいいですか。** ◀Track 0168

Hayame ni chekku in shitemo iidesu ka

可以提早登記入住嗎？

⓫ **先（さき）に荷物（にもつ）を送（おく）ってもいいですか。** ◀Track 0169

Saki ni nimotsu o okuttemo iidesu ka

可以先寄放行李嗎？

⓬ **到着（とうちゃく）が遅（おそ）くなりますが、予約（よやく）はキャンセルしないでください。** ◀Track 0170

Touchaku ga osoku narimasu ga, yoyaku wa kyanseru shinaide kudasai

我會晚點到，請不要取消我的預約。

⑬ チェックインは何時(なんじ)までですか。 Track 0171

Chekku in wa nanji made desu ka

登記入住是幾點截止？

⑭ 予約番号(よやくばんごう)は2753(にななごさん)です。 Track 0172

Yoyaku bangou wa ni nana go san desu

我的訂房編號是2753。

⑮ 宿泊料(しゅくはくりょう)は前払(まえばら)いしてあります。 Track 0173

Shukuhaku ryou wa maebarai shite arimasu

住宿費已經先付過了。

⑯ 門限(もんげん)はありますか。 Track 0174

Mongen wa arimasu ka

有門禁嗎？

⑰ 門限(もんげん)は何時(なんじ)ですか。 Track 0175

Mongen wa nanji desu ka

門禁是幾點？

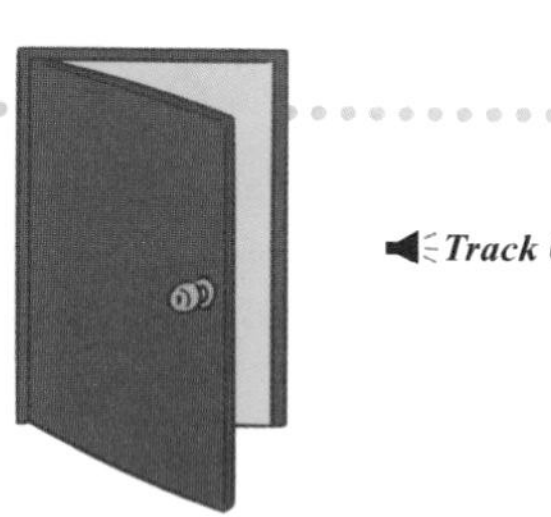

⑱ 隣同士(となりどうし)の部屋(へや)でとってください。 Track 0176

Tonari doushi no heya de totte kudasai

請幫我們安排在相鄰的房間。

⑲ 別の部屋に変えることはできませんか。 ◀Track 0177

Betsu no heya ni kaeru koto wa dekimasen ka

可以幫我換成別的房間嗎？

⑳ 部屋にエキストラベッドを入れてください。 ◀Track 0178

Heya ni ekisutora beddo o irete kudasai

請幫我在房間加床。

㉑ 部屋の鍵をなくしてしまいました。 ◀Track 0179

Heya no kagi o nakushite shimaimashita

我把房間鑰匙弄丟了。

㉒ チェックアウトをお願いします。 ◀Track 0180

Chekku auto o onegai shimasu

我要退房。

㉓ チェックアウトは何時ですか。 ◀Track 0181

Chekku auto wa nanji desu ka

幾點得退房？

㉔ 延泊（えんぱく）できますか。 Track 0182

Enpaku dekimasu ka

可以續住嗎？

㉕ 部屋（へや）に忘（わす）れ物（もの）をしてしまいました。 Track 0183

Heya ni wasuremono o shite shimaimashita

我有東西忘在房間裡了。

3-1

入住、退房的相關單字！

① 予約（よやく） yoyaku 預訂

② 部屋（へや） heya 房間

③ シングルルーム shinguru ruumu 單人房

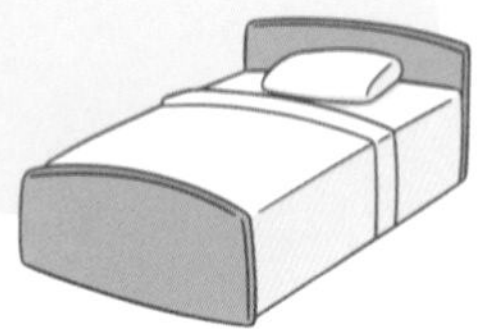

④ ツインルーム tsuin ruumu 雙人房

⑤ 空室（くうしつ） kuushitsu 空房

⑥ 満室（まんしつ） manshitsu 滿房

⑦ 鍵（かぎ） kagi 鑰匙

⑧ **チェックイン** chekku in 登記入住

⑨ **宿泊料**（しゅくはくりょう） shukuhaku ryou 住宿費

⑩ **門限**（もんげん） mongen 門禁

⑪ **ホテル** hoteru 飯店

⑫ **旅館**（りょかん） ryokan （日式）旅館

⑬ **民宿**（みんしゅく） minshuku 民宿

⑭ **ホステル** hosuteru 青年旅館

⑮ **リゾート** rizouto 渡假村

3-2 利用服務、投訴

我的玩樂精神就是「花錢旅遊一定要盡興」，所以入住旅館時，一定會先詢問免費設施，並善加利用。住房期間可能會遇到許多問題，像是馬桶不通、有噪音、有煙味……為了解決這些問題，我都會用簡單的日文和飯店人員反映。

❶ ルームサービスをお願(ねが)いしたいのですが……。 ◀ Track 0184

Ruumu saabisu o onegai shitaino desu ga

我想叫客房服務。

❷ 明日(あした) 8 時(じ)にモーニングコールをお願(ねが)いします。 ◀ Track 0185

Ashita hachi ji ni mooningu kooru o onegai shimasu

明天早上 8 點請叫我起床。

❸ クリーニングをお願(ねが)いします。 ◀ Track 0186

Kuriiningu o onegai shimasu

我要送洗衣物。

❹ アイロン、ありますか。 ◀ Track 0187

Airon arimasu ka

請問有熨斗嗎？

❺ ホテルのジムは何階(なんかい)ですか。 ◀ Track 0188

Hoteru no jimu wa nankai desu ka

請問飯店的健身房在幾樓？

❻ 国際電話(こくさいでんわ)のかけ方(かた)を教(おし)えてください。 ◀ Track 0189

Kokusai denwa no kakekata o oshiete kudasai

請教我怎麼打國際電話。

❼ WiFiありますか。 ◀ Track 0190

Yai-fai arimasu ka

有提供 Wi-Fi 嗎？

❽ WiFiは無料（むりょう）ですか。 ◀ Track 0191

Yai-fai wa muryou desu ka

Wi-Fi 是免費的嗎？

❾ 金庫（きんこ）はありますか。 ◀ Track 0192

Kinko wa arimasu ka

請問有保險箱嗎？

❿ 貴重品（きちょうひん）をセーフティーボックスに預（あず）けたいのですが……。 ◀ Track 0193

Kichouhin o seefutii bokkusu ni azuketaino desu ga

我想將貴重物品寄放在保險箱。

（＊金庫＝セーフティ—ボックス）

⓫ 朝食（ちょうしょく）はどこで食（た）べられますか。 ◀ Track 0194

Choushoku wa doko de taberaremasu ka

早餐要在哪邊吃呢？

⓬ 朝食（ちょうしょく）は何時（なんじ）ですか。 ◀ Track 0195

Choushoku wa nanji desu ka

早餐是幾點？

⑬ **大浴場(だいよくじょう)はどこですか。** Track 0196

Daiyokujou wa doko desu ka

請問公共溫泉浴池在哪？

⑭ **大浴場(だいよくじょう)の利用(りよう)できる時間(じかん)は何時(なんじ)から何時(なんじ)までですか。** Track 0197

Daiyokujou no riyou dekiru jikan wa nanji kara nanji made desu ka

能夠使用公共溫泉浴池的時間是幾點到幾點呢？

⑮ **マッサージ、ありますか。** Track 0198

Massaaji, arimasu ka

請問可以提供按摩服務嗎？

⑯ **明日(あした)、部屋(へや)の掃除(そうじ)は結構(けっこう)です。** Track 0199

Ashita heya no souji wa kekkou desu

明天不必打掃房間。

⑰ **預(あず)けた荷物(にもつ)を引(ひ)き取(と)りたいのですが……。** Track 0200

Azuketa nimotsu o hikitoritaino desu ga

我想領回寄放的行李。

⑱ 空港(くうこう)へのシャトルバスはありますか。 Track 0201

Kuukou e no shatoru basu wa arimasu ka

請問有去機場的接駁車嗎？

⑲ 誰(だれ)かをよこしてください。 Track 0202

Dareka o yokoshite kudasai

請派個人過來。

⑳ エアコンが動(うご)きません。 Track 0203

Eakon ga ugokimasen

空調沒反應。

㉑ トイレが流(なが)れません。 Track 0204

Toire ga nagaremasen

馬桶無法沖水。

㉒ 水(みず)が漏(も)れています。 Track 0205

Mizu ga morete imasu

房間在漏水。

㉓ 部屋(へや)の中(なか)で異臭(いしゅう)がします。 Track 0206

Heya no naka de ishuu ga shimasu

房間內有異味。

㉔ ベッドの上(うえ)に髪(かみ)の毛(け)が落(お)ちています。 Track 0207

Beddo no ue ni kami no ke ga ochite imasu

床鋪上有頭髮。

㉕ 部屋(へや)に虫(むし)がいます。 Track 0208

Heya ni mushi ga imasu

房裡有蟲。

㉖ 隣(とな)りの部屋(へや)が騒(さわ)がしいのですが……。 Track 0209

Tonari no heya ga sawagashiino desu ga

隔壁房很吵。

3-2

利用服務、投訴的相關單字！

❶ **ルームサービス** ruumu saabisu 客房服務

❷ **モーニングコール** mooning kooru 晨喚服務

❸ **朝食**（ちょうしょく） choushoku 早餐

❹ **金庫**（きんこ） kinko 保險箱

❺ **セーフティボックス** seefutii bokkusu 保險箱

❻ **アイロン** airon 熨斗

❼ **クリーニング** kuriiningu 衣物送洗

⑧ **マッサージ** massaaji 按摩

⑨ **エアコン** eakon 空調

⑩ **掃除**（そうじ） souji 打掃

⑪ **ジム** jimu 健身房

⑫ **大浴場**（だいよくじょう） daiyokujou 公共溫泉浴池

⑬ **サウナ** sauna 三溫暖

⑭ **シャトルバス** shatoru basu 接駁車

⑮ **テレビ** terebi 電視

小花的遊日
貼心小提醒

享受住宿好放鬆

旅行一整天下來，買到手快斷，走到腳快軟，這時候就只想趕快回到飯店，好好放鬆一下。當我還是學生時，為了省錢，常選擇住在膠囊旅館、青年旅館。後來陸續去了日本許多不同城市後，偶爾也會體驗溫泉旅館。

日本是個重視禮節的國家，有許多規矩外國人常常因為不知道，而無意中做出失禮的事。既然身在異國，就應該入境隨俗，以下和大家分享在日本住宿時，應該注意的各種大小事。

在日本住宿的小叮嚀

▶入住時要守時！

不論行程塞得多滿，切記一定要守時！大部分的旅館都有規定開始 check in 的時間，如果因事延誤了，最好先連絡旅館人員。另外，提早抵達通常無法先 check in 進房，若需請櫃檯代為保管又大又笨重的行李，可以詢問櫃檯人員喔。

▶關於鞋子，你不可不知！

如果你住的是日式旅館，在玄關處脱鞋時，記得將「鞋頭朝前」放妥。日式旅館都會附給房客拖鞋，在房間內不須穿鞋，在館內活動一般都是穿拖鞋喔。如果你住的是飯店的話，除了客房以外的地方都要穿鞋子，千萬不要穿飯店拖鞋趴趴走喔！

▶哪些地方可以穿浴衣趴趴走？

日式旅館會提供浴衣給客人，浴衣也就是和風睡衣。在房間裡或館內行動時，都可以穿著浴衣，但走出旅館時，就不宜穿浴衣外出了。有些溫泉鄉雖可以穿著浴衣逛街，但建議事先詢問櫃檯人員，在不確定的情形下，還是穿自己的衣服吧！

▶使用浴池要注意！

到了溫泉旅館，一定要到大浴池好好體驗，享受放鬆的時刻。使用大浴池時，有以下幾點要注意：

1. 入浴前，一定要先在池外淋浴，將身體沖洗乾淨，把身上的汗水、灰塵洗淨後再入浴。
2. 入浴前不要飲酒，大量飲酒後進入浴池，可能會引起身體不適或是摔倒溺水，非常危險。
3. 不要將毛巾等私人物品帶進浴缸內。
4. 不要在浴池內使用肥皂或沐浴乳、洗髮精。

5 走出浴缸時，要在進入更衣室之前，先用浴巾把身上的水滴擦乾。

6 進入浴池後要保持安靜，不可大聲喧嘩。

▶要不要給小費？

許多人常常想說日本的工作人員服務那麼周到，是不是應該付一些小費，才是有禮貌的表現？錯！日本並沒有收小費的習慣，無論是飯店、計程車、餐廳、美容院等處，都不須付小費喔！因為小費已經作為「服務費」包含在費用之中，所以在日本基本上並不用給小費。

吃遍日本沒問題
享受美食這樣說！

日本料理有這些？

都到了日本，一定要好好享受日本的特色料理！在日本，料理會分成「和食」和「洋食」。對日本人來說，日式炸豬排、日式蛋包飯、日式咖哩、日本拉麵都算是洋食，即使西方料理已經過日本人的調整，也仍舊不是日本人傳統的飲食。

和食則是以白飯為主食並配上魚、肉、蔬菜或醬菜等菜餚，也會搭配湯，壽司、生魚片、牛丼、天婦羅等都是和食。懷石料理一類較高級的日本料理，也可以說是和食。

和食是聯合國教科文組織認定的世界非物質文化遺產，是日本人「尊重自然」精神的體現。和食會使用多種新鮮的食材並尊重食材的原味，在均衡飲食的考量下，將季節變化與節日融入餐桌。如懷石料理、會席料理等都是經典的日本料理。

4-1 入座、點餐

出國旅行少不了的就是品嚐異國美食啦！相信許多人和我一樣，出發前會先蒐集情報，精選必去的美食店家。雖然有些人認為比手畫腳就能點餐，但若學會一些餐廳用語，就能吃得更過癮，尤其是對飲食有特殊嗜好或禁忌的人，更是得學！像我就常和店員說：「請不要放香菜」、「請幫我多放點蔥」……等，每餐都吃得津津有味、心滿意足！

❶ 注文（ちゅうもん）したいんですが。 Track 0210

Chuumon shitain desu ga

請幫我點餐。

❷ 何名様（なんめいさま）ですか。 Track 0211

Nanmei sama desu ka

請問有幾位？

❸ 三人（さんにん）です。 Track 0212

San-nin desu

我們一共三位。

❹ あいにく満席（まんせき）となっております。 Track 0213

Ainiku manseki to natte orimasu

目前客滿。

❺ 何時（なんじ）なら大丈夫（だいじょうぶ）ですか。 Track 0214

Nanji nara daijoubu desu ka

那幾點會有位子？

❻ どのくらい待（ま）ちますか。 Track 0215

Donokurai machimasu ka

大概要等多久？

⑦ 喫煙席（きつえんせき）と禁煙席（きんえんせき）、どちらになさいますか。

◀ *Track 0216*

Kitsuen seki to kin-en seki, dochira ni nasaimasu ka

您要坐吸菸席還是禁菸席？

⑧ どうぞご自由（じゆう）にお座（すわ）りください。

◀ *Track 0217*

Douzo gojiyuu ni osuwari kudasai

請隨意入座。

⑨ 相席（あいせき）、よろしいでしょうか。

◀ *Track 0218*

Aiseki, yoroshii deshou ka

請問可以接受併桌嗎？

⑩ 食券（しょっけん）の買（か）い方（かた）を教（おし）えてください。

◀ *Track 0219*

Shokken no kaikata o oshiete kudasai

請教我怎麼購買餐券。

⑪ メニューをお願（ねが）いします。

◀ *Track 0220*

Menyuu o onegai shimasu

請給我菜單。

⑩ 注文（ちゅうもん）してもいいですか。

◀ *Track 0221*

Chuumon shite mo iidesu ka

請問可以點餐了嗎？

⑬ **もう少(すこ)し待(ま)ってください。** Track 0222

Mou sukoshi matte kudadai

再等一下。

⑭ **ご注文(ちゅうもん)は何(なん)になさいますか。** Track 0223

Gochuumon wa nan ni nasaimasu ka

您要點些什麼呢？

⑮ **おすすめは何(なん)ですか。** Track 0224

Osusume wa nan desu ka

有什麼推薦的嗎？

⑯ **この店(みせ)の一番(いちばん)人気(にんき)は何(なん)ですか。** Track 0225

Kono mise no ichiban ninki wa nan desu ka

人氣商品是什麼？

⑰ **これ、どんな料理(りょうり)ですか。** Track 0226

Kore, donna ryouri desu ka

這是怎樣的料理？

⑱ **じゃあ、それをください。** Track 0227

Jaa, sore o kudasai

就給我那個。

⑲ **これをください。** *Track 0228*

Kore o kudasai

請給我這個。

---

⑳ **同(おな)じものを。** *Track 0229*

Onaji mono o

我要同樣的。

㉑ **本日(ほんじつ)ビーフカレーは売(う)り切(き)れでございます。** *Track 0230*

Honjitsu biihu-karei wa urikire de gozaimasu

牛肉咖哩今天已經賣完了。

㉒ **ご注文(ちゅうもん)のお料理(りょうり)、作(つく)るのに多少(たしょう)お時間(じかん)がかかりますが、よろしいでしょうか。** *Track 0231*

Gochuumon no oryouri, tsukuru noni tashou ojikan ga kakarimasu ga, yoroshii de shou ka

您點的餐點製作時間會稍微久一點，您可以接受嗎？

㉓ **他(ほか)に何(なに)かお付(つ)けいたしましょうか。** *Track 0232*

Hoka ni nani ka otsuke itashimashou ka

請問要另外加點什麼配料嗎？

㉔ **この料理(りょうり)には何(なに)が入(はい)っていますか。** Track 0233

Kono ryouri niwa nani ga haitte imasu ka

這道料理裡頭放了什麼？

㉕ **アレルギーがあるのですが、小麦粉(こむぎこ)の入(はい)った料理(りょうり)があったら教(おし)えてください。** Track 0234

Arerugii ga aru no desu ga, komugiko no haitta ryouri ga attara oshiete kudasai

我有過敏，所以請告訴我哪些料理材料中含有小麥。

㉖ **辛(から)いですか。** Track 0235

Karai desu ka

這會辣嗎？

㉗ **あまり辛(から)くしないでください。** Track 0236

Amari karaku shinai de kudasai

能降低辣度嗎？

㉘ **ワサビ抜(ぬ)きでお願(ねが)いします。** Track 0237

Wasabi nuki de onegai shimasu

請不要放芥末。

㉙ **ネギ、多(おお)めで。** Track 0238

Negi,oome de

能幫我多放點蔥嗎？

㉚ **少(すく)なめで。** ◀Track 0239

Sukuname de

我量要少一點。

㉛ **とりあえずこのくらいで。** ◀Track 0240

Toriaezu kono kurai de

就這些。

㉜ **ご注文(ちゅうもん)、繰(く)り返(かえ)します。** ◀Track 0241

Gochuumon, kurikaeshimasu

為您複述您點的餐點。

㉝ **さっきの注文(ちゅうもん)、変更(へんこう)してもいいですか。** ◀Track 0242

Sakki no chuumon, henkou shite mo iidesu ka

我能變更我點的餐點嗎？

㉞ **これ、もう一(ひと)つください。** ◀Track 0243

Kore, mou hitotsu kudasai

我要加點一份這個。

㉟ **ここのラーメンは有名(ゆうめい)です。** ◀Track 0244

Koko no raamen wa yuumei desu

這裡的拉麵很有名。

4-1 入座、點餐

的相關單字！

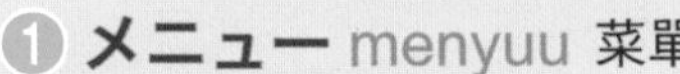

① メニュー menyuu 菜單

② 料理（りょうり） ryouri 料理

③ 注文（ちゅうもん） chuumon 點餐

④ 食券（しょっけん） shokken 餐券

⑤ 満席（まんせき） manseki 客滿

⑥ 喫煙席（きつえんせき） kitsuenseki 吸菸席

⑦ 禁煙席（きんえんせき） kin-enseki 禁菸席

⑧ 相席（あいせき） aiseki 併桌

4-2 用餐、結帳

旅行的其中一項樂趣就是享受美食。在餐廳吃東西時，你可能會遇到各式各樣的問題，吃飽要結帳時，也需要一些基本會話。以下都是我在日本用餐與結帳時最常說的會話，你也可以把這些基本句子學起來，下次在餐廳就能派上用場啦！

りょうり
料理はまだですか。

SOUP

❶ 料理（りょうり）はまだですか。 Track 0245

Ryouri wa mada desu ka

料理還沒好嗎？

❷ 注文（ちゅうもん）した料理（りょうり）がまだ来（き）ていません。 Track 0246

Chuumon shita ryouri ga mada kite imasen

我點的料理還沒送來。

❸ あとどのぐらいかかりますか。 Track 0247

Ato donogurai kakarimasu ka

請問還要等很久嗎？

❹ これは注文（ちゅうもん）したものとは違（ちが）います。 Track 0248

Kore wa chuumon shitano towa chigaimasu

這和我點的東西不一樣。

❺ これは頼（たの）んでいません。 Track 0249

Kore wa tanonde imasen

我沒有點這個。

❻ こちらはお店（みせ）のサービスです。 Track 0250

Kochira wa omise no saabisu desu

這是本店招待的。

⑦ これはどうやって食(た)べるのですか。 Track 0251

Kore wa douyatte taberuno desu ka

這要怎麼吃啊？

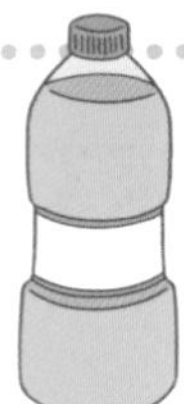

⑧ 水(みず)をください。 Track 0252

Mizu o kudasai

請給我水。

⑨ お味噌汁(みそしる)のおかわりをお願(ねが)いします。 Track 0253

Omisoshiru no okawari o onegaishimasu

請幫我續味噌湯。

⑩ 氷(こおり) を入(い)れてもらえませんか。 Track 0254

Koori o irete moraemasen ka

可以幫我加一點冰塊嗎？

⑪ お箸(はし)をもう一膳(いちぜん)いただけますか。 Track 0255

Ohashi o mou ichizen itadakemasu ka

能再給我一雙筷子嗎？

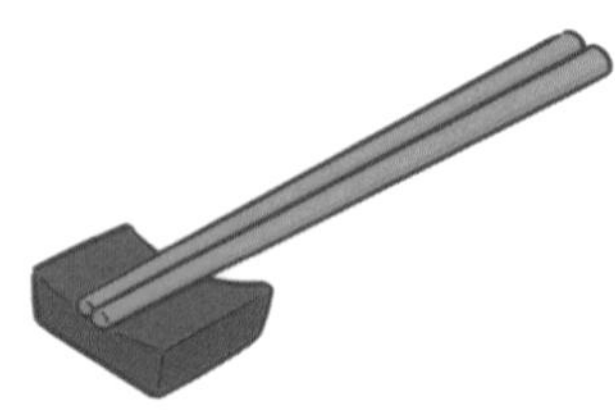

⑫ スプーンを落(お)としてしまったので、新(あたら)しいのを持(も)ってきていただけますか。 *Track 0256*

Supuun o otoshite shimatta node, atarashiino o motte kite itadakemasu ka

我把湯匙弄掉了，能幫我拿根新的來嗎？

---

⑬ 飲(の)み物(もの)をこぼしてしまいました。 *Track 0257*

Nomimono o koboshite shimaimashita

我把飲料打翻了。

---

⑭ みんなで分(わ)けて食(た)べたいのですが……。 *Track 0258*

Minna de wakete tabetaino desu ga

我們想要大家分著吃。

---

⑮ 小皿(こざら)をいただけますか。 *Track 0259*

Kozara o itadake masuka

可以給我小盤子嗎？

---

⑯ こしょうを取(と)ってもらえませんか。 *Track 0260*

koshou o totte moraemasen ka

能請您幫我拿一下胡椒？

⑰ 料理(りょうり)はとてもおいしいです。 Track 0261

Ryouri wa totemo oishii desu

餐點非常美味。

⑱ 初(はじ)めて食(た)べました。特別(とくべつ)な味(あじ)ですね。 Track 0262

Hajimete tabemashita. Tokubetsuna aji desu ne

第一次吃到，味道好特別。

⑲ これを下(さ)げていただけますか。 Track 0263

Kore o sagete itadakemasu ka

可以請你把這個收走嗎？

⑳ テーブルを片付(かたづ)けていただけますか。 Track 0264

Teeburu o katazukete itadakemasu ka

能請你整理桌面嗎？

㉑ ご馳走様(ちそうさま)でした。 Track 0265

Gochisou sama deshita

謝謝招待。

㉒ 私(わたし)たち一緒(いっしょ)の写真(しゃしん)を撮(と)ってもらえませんか。 Track 0266

Watashitachi issho no shashin o totte moraemasen ka

可以幫我們拍一張合照嗎？

㉓ お勘定（かんじょう）をお願（ねが）いします。

Track 0267

Okanjou o onegai shimasu

我要結帳。

㉔ 支払（しはら）いはここですか、レジですか。

Track 0268

Shiharai wa koko desu ka, reji desu ka

是在這邊結帳嗎？還是要去櫃檯結？

㉕ お支払（しはら）いは、ご一緒（いっしょ）でよろしいでしょうか。

Track 0269

Oshiharai wa goissho de yoroshii deshou ka

一起結可以嗎？

4-2

用餐、結帳

的相關單字！

① 箸（はし） hashi 筷子

② スプーン supuun 湯匙

③ 小皿（こざら） kozara 小盤子

④ カップ kappu 杯子

⑤ 水（みず） mizu 水

⑥ 飲み物（のみもの） nomimono 飲料

⑦ 氷（こおり） koori 冰品；冰塊

⑧ **アイス** aisu 冰；冰塊

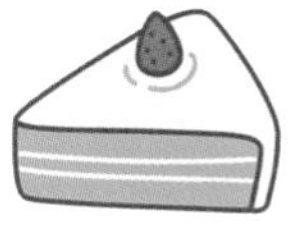

⑨ **サービス** saabisu 招待

⑩ **勘定**（かんじょう） kanjou 結帳

⑪ **支払い**（しはらい） shiharai 結帳

⑫ **牛肉**（ぎゅうにく） gyuniku 牛肉

⑬ **豚肉**（ぶたにく） butaniku 豬肉

⑭ **鶏肉**（とりにく） toriniku 雞肉

⑮ **海老**（えび） ebi 蝦子

小花的遊日 貼心小提醒

享受美食有學問

我到日本旅行時，最期待的就是享受美食了，尤其是壽司、拉麵、烏龍麵、蕎麥麵、串燒、蛋包飯、關東煮、章魚燒……天啊～我口水都要流下來了！以下和大家分享我在日本用餐的經驗談，提供各位參考喔！

在日本用餐的小叮嚀

▶入座時

通常到餐廳入座時，服務人員會說 irasshaimase（請進）這句招呼語。坐定之後，店家會送上冰水或茶，並遞上濕毛巾（Oshibori）。冰水或茶通常都可以續杯，濕毛巾則是讓你在用餐前擦手的。有些壽司店在客人上廁所後，會再送上一條濕毛巾。

▶用餐禮儀

日本是個講究禮節的國家，雖說身為外國人，許多細節不知道也是正常的，但既然來到異國作客，就該入境隨俗，尊重當地的文化。尤其是到講究的日式餐廳享用美食時，最好事先了解相關的禮儀喔。以下分享幾點基本的小提醒：

1. 到高級壽司店享用料理時，應避免噴灑氣味強烈的香水。
2. 用餐時，應把碗捧起來用餐。（視餐點）
3. 使用筷子時，不可以把筷子插在飯上。
4. 不可兩人用筷子與筷子互傳食物。

▶壽司的吃法

壽司店大致可分為迴轉壽司店與櫃台式壽司店兩種。迴轉壽司店的價格以碟子的花色與數量計算。在櫃台式壽司店，你可以直接告訴店員自己想吃什麼。吃壽司時請注意以下幾點：

1. 將醬油倒入自己的碟子裡，適量即可，不宜過多。
2. 不需要將芥末加在醬油裡。
3. 可以用手拿取，用手拿著壽司吃並不違反禮法。
4. 通常一口吃一個壽司，盡量不要咬一半就放回碟子。

▶蕎麥麵和烏龍麵的吃法

在日本吃麵時，發出速—速—的聲音並不違反禮法。我自己因為不太熟悉怎麼吃出聲音，常常先觀察四周的人到底是怎麼吃的呢！另外要特別提醒大家，蕎麥麵的原料蕎麥麵粉可能會導致過敏，嚴重的話會引起過敏性休克，食用時要格外注意！若不確定自己會不會過敏，可以選擇其他餐點喔。

4-3 外帶、外賣

除了在餐廳享用美食，外帶或叫外賣也是另一種選擇。當我因為行程安排較緊湊或是想待在旅館休息時，就會外帶食物或打電話叫外賣，只要運用一些基本會話，一樣能輕鬆吃到美食！

❶ **持(も)ち帰(かえ)ります。** *Track 0270*

Mochikaerimasu

我要外帶。

❷ **店内(てんない)でお願(ねが)いします。** *Track 0271*

Ten-nai de onegai shimasu

我要內用

❸ **持(も)ち帰(かえ)りはできますか。** *Track 0272*

Mochikaeri wa dekimasu ka

可以外帶嗎？

❹ **持(も)ち帰(かえ)りの注文(ちゅうもん)をお願(ねが)いします。** *Track 0273*

Mochikaeri no chuumon o onegai shimasu

我要點餐外帶。

❺ **持(も)ち帰(かえ)り用(よう)のメニューをお願(ねが)いします。** *Track 0274*

Mochikaeri you no menyuu o onegai shimasu

請給我外帶的菜單。

❻ **注文(ちゅうもん)したものを取(と)りに来(き)ました。** *Track 0275*

Chuumon shita mono o tori ni kimashita

我來領我點的餐。

❼ 箸(はし)を余分(よぶん)に入(い)れてもらえませんか。 ◀Track 0276

Hashi o yobun ni irete moraemasen ka

請幫我多放一份餐具。

❽ 二(ふた)つに分(わ)けて包(つつ)んでください。 ◀Track 0277

Hutatsu ni wakete tsutsunde kudasai

請幫我分兩袋裝。

❾ これを温(あたた)めてください。 ◀Track 0278

Kore o atatamete kudasai

這個請幫我加熱。

❿ 保冷剤(ほれいざい)を入(い)れてください。 ◀Track 0279

Horeizai o irete kudasai

請幫我放保冷劑。

⓫ 保冷剤(ほれいざい)は無料(むりょう)ですか。有料(ゆうりょう)ですか。 ◀Track 0280

Horeizai wa muryou desu ka, yuuryou desu ka

保冷劑是免費的，還是要收費呢？

⓬ これはどれぐらいもちますか。 ◀Track 0281

Kore wa doregurai mochimasu ka

有建議多久的時間內要食用完畢嗎？

⑬ 室温(しつおん)で保存(ほぞん)してもいいですか。 Track 0282

Shitsuon de hozon shitemo iidesu ka

可以放常溫嗎？

⑭ 冷蔵庫(れいぞうこ)に入(い)れたほうがいいですか。 Track 0283

Reizouko ni ireta hou ga iidesu ka

買回去需要冷藏嗎？

⑮ デリバリーをお願(ねが)いできますか。 Track 0284

Deribarii o onegai dekimasu ka

能請你外送嗎？

⑯ 出前(でまえ)を頼(たの)みたいのですが。 Track 0285

Demae o tanomitaino desu ga

我想叫外送。

⑰ 私(わたし)のいるところはデリバリーのできるところですか。 Track 0286

Watashi no iru tokoro wa deribarii no dekiru tokoro desu ka

我這裡有在外送範圍內嗎？

⑱ **東京(とうきょう)ホテルまで出前(でまえ)をお願(ねが)いします。** ◀ *Track 0287*

Tokyo hoteru made demae o onegai shimasu

請送到東京飯店。

⑲ **注文(ちゅうもん)の最低金額(さいていきんがく)はありますか。** ◀ *Track 0288*

Chuumon no saitei kingaku wa arimasu ka

有規定最低消費是多少錢嗎？

⑳ **配達料(はいたつりょう)はいくらですか。** ◀ *Track 0289*

Haitatsu ryou wa ikura desu ka

外送費是多少？

㉑ **どのくらいの時間(じかん)で届(とど)きますか。** ◀ *Track 0290*

Dono kurai no jikan de todokimasu ka

多久會送到呢？

㉒ **お届(とど)け時間(じかん)の指定(してい)はできますか。** ◀ *Track 0291*

Otodoke jikan no shitei wa dekimasu ka

可以指定外送時間嗎？

㉓ デリバリーではクーポン券（けん）は使（つか）えますか。

Track 0292

Deribarii dewa kuuponken wa tsukaemasu ka

外送能使用優惠券嗎？

㉔ 頼（たの）んだものがまだ届（とど）いていないのですが……。

Track 0293

Tanonda mono ga mada todoite inaino desu ga

我點的東西還沒送來。

㉕ 回収（かいしゅう）待（ま）ちの容器（ようき）はどこに置（お）けばいいのですか。

Track 0294

Kaishuu machi no youki wa doko ni okeba iino desu ka

待回收的容器該放在哪裡呢？

4-3

外帶、外賣的相關單字！

① イートイン iitoin 內用

② 店内（てんない）で ten-nai de 內用

③ テイクアウト teikuauto 外帶

④ 持（も）ち帰（かえ）り mochikaeri 外帶

⑤ 最低金額（さいていきんがく） saitei kingaku 最低消費

⑥ 温（あたた）める atatameru 加熱

⑦ 保冷剤（ほれいざい） horeizai 保冷劑

⑧ **デリバリー** deribarii 外送

⑨ **配達料**（はいたつりょう） haitatsu ryou 外送費

⑩ **お弁当**（べんとう） obentau 便當

⑪ **袋**（ふくろ） fukuro 袋子

⑫ **出前**（でまえ） de-mae （日本傳統食物）外送

⑬ **レンジ食品**（しょくひん） rennjishokuhinn 微波食品

⑭ **インスタント食品**（しょくひん） innsutanntoshokuhinn 即食食品

⑮ **カップ麺**（めん） kappumen 杯裝泡麵

買到手軟超滿足

瘋狂購物開口說！

消費稅一定要了解！

在日本購物的時候，一定會注意到「未稅」和「稅入」的差別，這個「稅」指的就是「消費稅」。日本在 2019 年 10 月將消費稅提升至 10%，並同步開始「輕減稅率制度」，讓外帶餐點及訂閱報紙維持 8% 的稅率，藉此減輕民眾的負擔。

不過我們身為觀光客，去日本也一定要到免稅店好好逛一逛！所謂「免稅」指的就是免除上述的消費稅，分成一般物品及消耗品，規定如下：

	種類	免稅條件
一般物品	家電、衣服、鞋子、包包、鐘錶、珠寶首飾、工藝品	一天內於同一間店（同一購物商場亦可）消費 5,000 日圓以上。
消耗品	食品、飲料、醫藥品、化妝品	1 一天內於同一間店（同一購物商場亦可）消費 5,000 日圓以上，50 萬日圓以下。 2 消耗品需經過店家密封包裝，不可於日本境內使用。

5-1 買生鮮食品

因為生鮮食品無法帶回國，因此我旅行時一定會把握機會買一些來吃。想要嚐嚐新鮮的水果、生鮮食品，就去逛一逛日本的超市或相關店鋪吧！在店內不但能試吃，有時遇到限時特價，還能撿便宜呢！

❶ **試食(ししょく)してもいいですか。** ◀Track 0295

Shishoku shitemo iidesu ka

可以試吃嗎？

❷ **他(ほか)のも試(ため)したいのですが……。** ◀Track 0296

Hoka no mo tameshitaino desu ga

我也想試試別的口味。

❸ **これは何(なに)からできていますか。** ◀Track 0297

Kore wa nani kara dekite imasu ka

這是什麼做的呢？

❹ **このフルーツは今(いま)が旬(しゅん)ですか。** ◀Track 0298

Kono furuutsu wa ima ga shun desu ka

這個水果是當季的嗎？

❺ **この野菜(やさい)は今(いま)が旬(しゅん)ですか。** ◀Track 0299

Kono yasai wa ima ga shun desu ka

這蔬菜是當季的嗎？

❻ **これは輸入物(ゆにゅうもの)ですか。** ◀Track 0300

Kore wa yunyuu mono desu ka

這是進口的嗎？

❼ これは どこの 物(もの)ですか。 ◀ Track 0301

Kore wa doko no mono desu ka

這是哪裡出產的呢？

❽ これは どんな 味(あじ)が しますか。 ◀ Track 0302

Kore wa donna aji ga shimasu ka

這個吃起來是什麼味道呢？

❾ これは 生(なま)で 食(た)べられますか。 ◀ Track 0303

Kore wa nama de taberaremasu ka

這可以生吃嗎？

❿ 賞味期限(しょうみきげん)は どこに 書(か)いてありますか。 ◀ Track 0304

Shoumi kigen wa doko ni kaite arimasu ka

賞味期限寫在哪裡呢？

⓫ 賞味期限(しょうみきげん)は いつですか。 ◀ Track 0305

Shoumi kigen wa itsu desu ka

賞味期限是到什麼時候？

⓬ これは 今日中(きょうじゅう)に 食(た)べた 方(ほう)が いいですか。 ◀ Track 0306

Kore wa kyoujuu ni tabeta hou ga ii desu ka

這個在今天內吃完比較好嗎？

⑬ 中（なか）に何個（なんこ）入（はい）っていますか。 ◀Track 0307

Naka ni nanko haitte imasu ka

裡頭有幾個呢？

⑭ これを6個（こ）ください。 ◀Track 0308

Kore o rokko kudasai

這個請給我6個。

⑮ これはばら売（う）りしていますか。 ◀Track 0309

Kore wa barauri shite imasu ka

這個是零賣的嗎？

⑯ おすすめの調理法（ちょうりほう）とかはありますか。 ◀Track 0310

Osusume no chourihou toka wa arimasu ka

有什麼推薦的煮法嗎？

⑰ 原材料（げんざいりょう）は何（なん）ですか。 ◀Track 0311

Genzairyou wa nan desu ka

原料是什麼？

⑱ アルコールは入（はい）っていますか。 ◀Track 0312

Arukooru wa haitte imasu ka

有含酒精成分嗎？

⑲ 保冷バッグをいただけますか。 Track 0313

Horei baggu o itadakemasu ka

可以給我保冷袋嗎？

⑳ 食べきれない時に、どのように保存すればいいのでしょうか。 Track 0314

Tabekirenai toki, dono you ni hozon sureba iino deshou ka

吃不完時要怎麼保存好呢？

㉑ 見た感じ、すごく新鮮ですね。 Track 0315

Mita kanji sugoku shinsen desu ne

看起來很新鮮呢！

㉒ この魚をおろしていただけますか。 Track 0316

Kono sakana o oroshite itadakemasu ka

可以幫我把這條魚處理好嗎？

㉓ 生鮮食品売り場はどこですか。 Track 0317

Seisen shokuhin uriba wa doko desu ka

請問生鮮區在哪呢？

㉔ お総菜売り場はどこですか。 Track 0318

Osouzai uriba wa doko desu ka

請問熟食區在哪呢？

5-1 買生鮮食品的相關單字！

❶ 試食（ししょく） shishoku 試吃

❷ フルーツ furuutsu 水果

❸ 今が旬（いまがじゅん） ima ga shun 當季

❹ 輸入（ゆにゅう） yunyuu 進口

❺ 賞味期限（しょうみきげん） shoumi kigen 有效日期

❻ 生鮮食品（せいせんしょくひん） seisen shokuhin 生鮮食品

❼ 総菜（そうざい） souzai 熟食

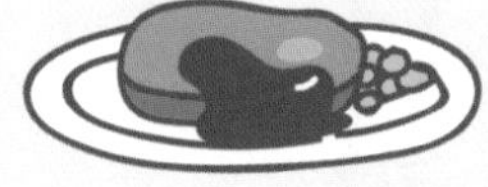

5-2 購買衣物

每次去日本旅行，荷包一定守不住，尤其看到街上服飾店林立，店內擺著最新流行的款式，又碰上打折季，真的很難不心動。在國外買衣服，因為退換貨很麻煩，所以我購買之前一定會試穿，這時若準備一些簡單的日文會話，就會方便許多。

❶ 試着（しちゃく）してもいいですか。 ◀Track 0319

Shichaku shite mo ii desu ka

可以試穿嗎？

❷ 色違い（いろちが）はありますか。 ◀Track 0320

Iro chigai wa arimasu ka

有別的顏色嗎？

❸ もっと明る（あか）い色（いろ）のものはありますか。 ◀Track 0321

Motto akarui iro no mono wa arimasu ka

有顏色亮一點的嗎？

❹ マネキンが着（き）ているあの服（ふく）を試着（しちゃく）したいのですが。 ◀Track 0322

Manekin ga kiteiru ano fuku o shichaku shitaino desu ga

我想試試假人身上的那套衣服。

❺ ショーウインドーのあの服（ふく）を取（と）ってもらえませんか。 ◀Track 0323

Shoo-uindou no ano fuku o totte moraemasen ka

可以幫我拿櫥窗展示的那件衣服嗎？

❻ カタログにあるこのコートを見(み)せてください。 ◀ Track 0324

Katarogu ni aru kono kooto o misete kudasai

我想找型錄上的這件外套。

❼ コーディネートしていただけますか。 ◀ Track 0325

Koodineeto shite itadakemasu ka

可以幫我搭配嗎？

❽ コーディネートできるものはありますか。 ◀ Track 0326

Koodineeto dekiru mono wa arimasu ka

有適合搭配的配件嗎？

❾ こちらはいかがですか。 ◀ Track 0327

Kochira wa ikaga desu ka

這件您覺得呢？

❿ ピッタリです。 ◀ Track 0328

Pittari desu

大小剛剛好。

⓫ サイズが合(あ)わないんです。 ◀ Track 0329

Saizu ga awanain desu

尺寸不合。

⑫ **きつすぎます。**

◀ Track 0330

Kitsu-sugimasu

太緊了。

⑬ **今年の流行は何ですか。**（ことし・りゅうこう・なん）

◀ Track 0331

Kotoshi no ryuukou wa nan desu ka

今年流行什麼呢？

⑭ **バーゲン商品はどこですか。**（しょうひん）

◀ Track 0332

Baagen shouhin wa doko desu ka

打折商品在哪裡呢？

⑮ **子供服売り場はどこですか。**（こどもふくう・ば）

◀ Track 0333

Kodomo fuku uriba wa doko desu ka

童裝區在哪裡呢？

⑯ **婦人服売り場はどこですか。**（ふじんふくう・ば）

◀ Track 0334

Hujin fuku uriba wa doko desu ka

女裝區在哪裡呢？

⑰ **紳士服売り場はどこですか。**（しんしふくう・ば）

◀ Track 0335

Shinshi fuku uriba wa doko desu ka

男裝區在哪裡呢？

⑱ **もっと小(ちい)さいサイズはありますか。** *Track 0336*

Motto chiisai saizu wa arimasu ka

有更小一點的尺寸嗎？

⑲ **もっと大(おお)きいサイズはありますか。** *Track 0337*

Motto ookii saizu wa arimasu ka

有大一點的尺寸嗎？

⑳ **寸法直(すんぽうなお)しをお願(ねが)いできますか。** *Track 0338*

Sunpou naoshi o onegai dekimasu ka

能請你們修改尺寸嗎？

㉑ **サイズを測(はか)っていただけますか。** *Track 0339*

Saizu o hakatte itadakemasu ka

可以幫我量一下尺寸嗎？

㉒ **試着室(しちゃくしつ)はどこですか。** *Track 0340*

Shichaku-shitsu wa doko desu ka

試衣間在哪裡？

㉓ **鏡(かがみ)で確認(かくにん)したいのですが……。** *Track 0341*

Kagami de kakunin shitaino desu ga

我想照鏡子確認。

㉔ 似合(にあ)いますか。 Track 0342

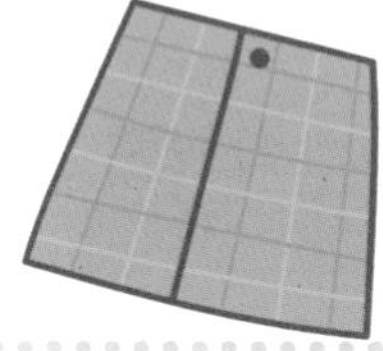

Niaimasu ka

好看嗎？

㉕ この布(ぬの)は何(なん)ですか。 Track 0343

Kono nuno wa nan desu ka

這是什麼質料的呢？

㉖ 洗濯機(せんたくき)で洗(あら)えますか。 Track 0344

Sentakuki de araemasu ka

可以用洗衣機洗嗎？

㉗ これは日本製(にほんせい)ですか。 Track 0345

Kore wa nihonsei desu ka

這是日本製的嗎？

5-2

購買衣物

的相關單字！

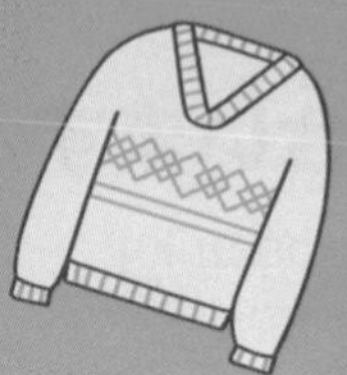

① 試着（しちゃく） shichaku 試穿

② 試着室（しちゃくしつ） shichaku-shitsu 試衣間

③ 服（ふく） fuku 衣服

④ ドレス doresu 洋裝

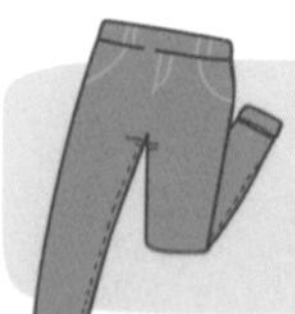

⑤ ズボン zubon 長褲

⑥ コート kooto 外套

⑦ 紳士服（しんしふく） shinshi fuku 男裝

⑧ 婦人服（ふじんふく） fujin fuku 女裝

⑨ 子供服（こどもふく） kodomo fuku 童裝

⑩ 色（いろ） iro 顏色

⑪ サイズ saizu 尺寸

⑫ 上着（うわぎ） uwagi 上衣、外衣

⑬ 下着（したぎ） shitagi 內衣

⑭ 靴下（くつした） kutsushita 襪子

⑮ 着物（きもの） kimono 和服

5-3 買電子產品

現在大家去日本買最多的東西是什麼呢？我想電器一定是必買前三名對吧！尤其許多商品退稅買下來真的很划算，容易讓人逛到失心瘋。由於我買東西習慣問清楚店員商品資訊，再考慮要不要買，因此以下的會話都是精挑細選後最實用的必備基礎句子喔！

これは最新（さいしん）モデルですか。

❶ これは最新（さいしん）モデルですか。 ◀Track 0346

Kore wa saishin moderu desu ka

這是最新的型號嗎？

❷ ほかのモデルありますか。 ◀Track 0347

Hoka no moderu arimasu ka

有其他型號的嗎？

❸ どのような機能（きのう）をご希望（きぼう）ですか。 ◀Track 0348

Dono youna kinou o gokibou desu ka

您想要有怎樣的機能呢？

❹ これはどのメーカーのですか。 ◀Track 0349

Kore wa dono meikaa no desu ka

這是哪間公司的產品？

❺ このカメラメーカーの周辺（しゅうへん）機器（きき）を探（さが）しています。 ◀Track 0350

Kono kamera meekaa no shuuhen kiki o sagashite imasu

我想找這個相機牌子的周邊產品。

❻ 防水（ぼうすい）ですか。 ◀Track 0351

Bousui desu ka

它防水嗎？

❼ どうやって使(つか)いますか。 ◀ *Track 0352*

Douyatte tsukaimasu ka

這要怎麼用呢？

❽ メンテの仕方(しかた)を教(おし)えてください。 ◀ *Track 0353*

Mente no shikata o oshiete kudasai

請教我怎麼保養。

❾ 海外(かいがい)でも使(つか)えますか。 ◀ *Track 0354*

Kaigai demo tsukaemasu ka

在國外也能用嗎？

❿ これはどのサイズの電池(でんち)を使(つか)いますか。 ◀ *Track 0355*

Kore wa dono saizu no denchi o tsukaimasu ka

這個要裝幾號電池呢？

⓫ 保証(ほしょう)が付(つ)いていますか。 ◀ *Track 0356*

Hoshou ga tsuite imasu ka

有保固嗎？

⓬ 1年間(いちねんかん)の保証(ほしょう)が付(つ)いております。 ◀ *Track 0357*

Ichinenkan no hoshou ga tsuite orimasu

這個附帶 1 年的保固。

⑬ 保証（ほしょう）は海外（かいがい）でも有効（ゆうこう）ですか。 Track 0358

Hoshou wa kaigai demo yuukou desu ka

保固在國外也有效嗎？

⑭ これは何（なん）ボルトですか。 Track 0359

Kore wa nan boruto desu ka

這個相容的電壓是哪一種呢？

⑮ 小物家電（こものかでん）を見（み）たいのですが。 Track 0360

Komono Kaden o mitaino desu ga

我想找小家電。

⑯ デジタルカメラを見（み）たいのですが。 Track 0361

Dejitaru kamera o mitaino desu ga

我想找數位相機。

⑰ このメーカーのドライヤーを見（み）たいのですが。 Track 0362

Kono meekaa no doraiyaa o mitaino desu ga

我想找這個牌子的吹風機。

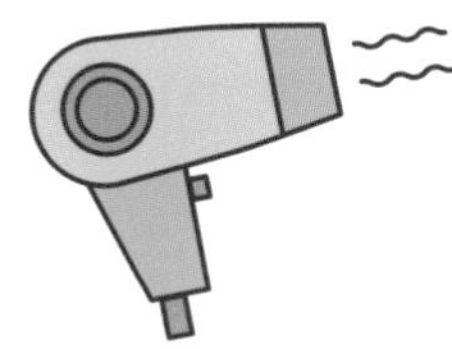

⑱ **他に何か付いていますか。** ◀Track 0363

Hoka ni nani ka tsuite imasu ka

有付其他配件嗎？

⑲ **カタログはありますか。** ◀Track 0364

Katarogu wa arimasu ka

請問有商品目錄嗎？

⑳ **中国語の説明書はありますか。** ◀Track 0365

Chuugokugo no setsumeisho wa arimasu ka

有中文的說明書嗎？

㉑ **故障などに関する問題は製造メーカーにお問い合わせください。** ◀Track 0366

Koshou nado ni kansuru mondai wa seizou meikaa ni otoiawase kudasai

故障相關問題請洽製造商。

㉒ **これは出たばかりの商品ですか。** ◀Track 0367

Kore wa deta bakari no shouhin desu ka

這是剛上市的那款嗎？

㉓ 試(ため)してみてもいいですか。 Track 0368

Tameshite mitemo ii desu ka

可以試用看看嗎？

㉔ 測(はか)ってみてもいいですか。 Track 0369

Hakatte mitemo ii desu ka

可以現場測試嗎？

㉕ どちらがより節電(せつでん)できますか。 Track 0370

Dochira ga yori setsuden dekimasu ka

哪一款比較省電？

5-3

買電子產品

的相關單字！

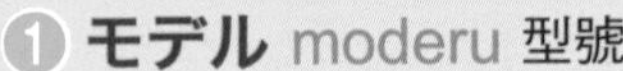

① モデル moderu 型號

② 機能（きのう） kinou 機能

③ 防水（ぼうすい） bousui 防水

④ 節電（せつでん） setsuden 省電

⑤ 保証（ほしょう） hoshou 保固

⑥ カメラ kamera 相機

⑦ 携帯（けいたい） keitai 手機

⑧ **スマホ** sumaho 智慧型手機

⑨ **コンピューター** konpyuuta 電腦

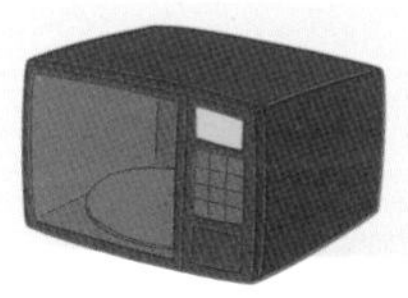

⑩ **家電**（かでん） Kaden 家電

⑪ **ドライヤー** doraiyaa 吹風機

⑫ **炊飯器**（すいはんき） suihanki 煮飯用電子鍋

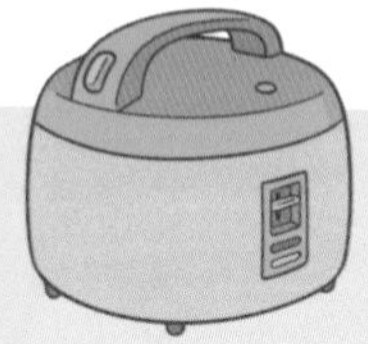

⑬ **說明書**（せつめいしょ） setsumeisho 說明書

⑭ **故障**（こしょう） koshou 故障

⑮ **メーカー** meikaa 製造商

5-4 買藥妝

女生去日本一定不會錯過的就是藥妝店，每當看到各式各樣的美妝品、保養品，我都會買到失心瘋。由於這些產品都是直接用在肌膚上的，所以我購買前一定會試用或是看清楚是否適合我的肌膚類型。

私の肌に合うファンデを選んでいただけませんか。

❶ 私(わたし)の肌(はだ)に合(あ)うファンデを選(えら)んでいただけませんか。 Track 0371

Watashi no hada ni au fande o erande itadakemasen ka

可以幫我選適合我膚色的粉餅嗎？

❷ このブランドのマスカラはありますか。 Track 0372

Kono burando no masukara wa arimasu ka

有這個牌子的睫毛膏嗎？

❸ 一番(いちばん)よく売(う)れてるのはどこのブランドのですか。 Track 0373

Ichiban yoku ureteru nowa doko no burando no desu ka

賣最好的是哪個牌子呢？

❹ このマニキュア、試用品(しようひん)ありますか。 Track 0374

Kono manikyua, shiyouhin arimasu ka

這個指甲油有試用品嗎？

❺ 私(わたし)に一番(いちばん)似合(にあ)うファンデの色(いろ)を選(えら)んでもらえませんか。 Track 0375

Watashi ni ichiban niau fande no iro o erande moraemasen ka

可以幫我選適合我的粉底顏色嗎？

❻ 敏感肌(びんかんはだ)に合(あ)うローションはありますか。 Track 0376

Binkan hada ni au roushon wa arimasu ka

有適合敏感肌膚使用的化妝水嗎？

❼ これ、私(わたし)の肌(はだ)に合(あ)いません。 Track 0377

Kore, watashi no hada ni aimasen

這不適合我的皮膚。

❽ ちょっと塗(ぬ)ってみましょうか。 Track 0378

Chotto nutte mimashou ka

要不要擦一點試試呢？

❾ 美白効果(びはくこうか)はありますか。 Track 0379

Bihaku kouka wa arimasu ka

有美白功效嗎？

❿ 保湿効果(ほしつこうか)はありますか。 Track 0380

Hoshitsu kouka wa arimasu ka

有保濕功效嗎？

⓫ 試用品(しようひん)をもらってもいいですか。 Track 0381

Shiyouhin o morattemo ii desu ka

我可以索取試用品嗎？

⑫ このメーカーの目薬（めぐすり）を探（さが）しています。 Track 0382

Kono meekaa no megusuri o sagashite imasu

我想找這個牌子的眼藥水。

⑬ どちらの成分（せいぶん）が自然（しぜん）に近（ちか）いですか。 Track 0383

Dochira no seibun ga shizen ni chikai desu ka

哪一款成分比較天然呢？

⑭ 私（わたし）の肌（はだ）は脂（あぶら）っぽいです。 Track 0384

Watashi no hada wa abura-ppoi desu

我的肌膚比較容易出油。

⑮ 化粧品（けしょうひん）売（う）り場（ば）はどこですか。 Track 0385

Keshouhin uriba wa doko desu ka

請問化妝品在哪一區？

⑯ このアイシャドウ、まだ在庫（ざいこ）ありますか。 Track 0386

Kono ai-shadou, mada zaiko arimasu ka

請問這款眼影還有庫存嗎？

⑰ このタレントが宣伝(せんでん)している化粧品(けしょうひん)を買(か)いたいのですが。 ◀Track 0387

Kono tarento ga senden shiteiru keshouhin o kaitaino desu ga

我想買這個女明星代言的化妝品。

---

⑱ どちらのチークが売(う)れていますか。 ◀Track 0388

Dochira no chiiku ga urete imasu ka

哪一款腮紅比較熱銷呢？

---

⑲ この乳液(にゅうえき)は使用期限間近(しようきげんまぢか)ですか。 ◀Track 0389

Kono nyuueki wa shiyou kigen majika desu ka

這個特價的乳液是即期品嗎？

---

⑳ このシャンプーの小(こ)ビンはありますか。 ◀Track 0390

Kono shanpuu no kobin wa arimasu ka

這個洗髮精有賣小瓶的嗎？

㉑ この口紅(くちべに)の箱(はこ)、誰(だれ)かに開(あ)けられています。 ◀Track 0391

Kono kuchibeni no hako, dare ka ni akerarete imasu

這支口紅已經被別人拆封了。

㉒ 新(あたら)しいのと交換(こうかん)してください。 Track 0392

Atarashii no to koukan shite kudasai

請幫我換一個新的。

㉓ リップクリームを買(か)いたいのですが。 Track 0393

Rippu kuriimu o kaitaino desu ga

我想要買護唇膏。

㉔ 棚(たな)の商品(しょうひん)、全部(ぜんぶ)買(か)います。 Track 0394

Tana no shouhin, zenbu kaimasu

架上的我全部都要。

5-4

買藥妝 的相關單字！

① 試用品（しようひん） shiyouhin 試用品

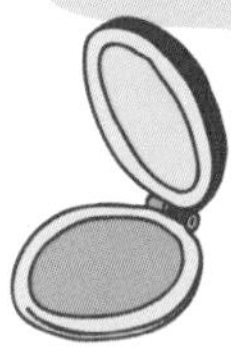

② 化粧品（けしょうひん） keshouhin 化妝品

③ メイクアップ meikuappu 化妝

④ マスカラ masukara 睫毛膏

⑤ マニキュア manyuaru 指甲油

⑥ ローション roushon 化妝水

⑦ 目薬（めぐすり） megusuri 眼藥水

⑧ **クリーム** kuriimu 乳霜

⑨ **乳液**（にゅうえき） nyuueki 乳液

⑩ **口紅**（くちべに） kuchibeni 口紅

⑪ **シャンプー** shanpuu 洗髮精

⑫ **成分**（せいぶん） seibun 成分

⑬ **保湿**（ほしつ） hoshitsu 保濕

⑭ **美白**（びはく） bihaku 美白

⑮ **敏感肌**（びんかんはだ） binkanhada 敏感肌

5-5 買紀念品

我出國一定會買紀念品，尤其是別具地方特色的土產。大家出國會買哪些東西作為土產呢？我最喜歡買的就是日式點心了，因為每一種都做得很精緻，包裝也非常美，送禮超有面子！

このお土産（みやげ）はきれいに包装（ほうそう）されているんですね。

❶ このお土産(みやげ)はきれいに包装(ほうそう)されているんですね。 Track 0395

Kono omiyage wa kirei ni housou sarete irun desu ne

這個土產包裝得很精緻呢！

❷ 友達(ともだち)に送(おく)るお土産(みやげ)を探(さが)しています。 Track 0396

Tomodachi ni okuru omiyage o sagashite imasu

我在找要送朋友的土產。

❸ ここでしか買(か)えないものはありますか。 Track 0397

Koko de shika kaenai mono wa arimasu ka

有在這裡才買得到的東西嗎？

❹ ここの特産品(とくさんひん)は何(なん)ですか。 Track 0398

Koko no tokusanhin wa nan desu ka

這裡的特產是什麼呢？

❺ 何(なに)か代表的(だいひょうてき)なお土産(みやげ)はありますか。 Track 0399

Nanika daihyouteki na omiyage wa arimasu ka

有什麼具代表性的土產嗎？

❻ お土産(みやげ)にピッタリのものはありますか。 Track 0400

Omiyage ni pittari no mono wa arimasu ka

有什麼適合當土產的東西嗎？

⑦ **おすすめのお土産(みやげ)は何(なん)ですか。** ◀Track 0401

Osusume no omiyage wa nan desu ka

你推薦什麼土產呢？

⑧ **こちらはたくさんのお客様(きゃくさま)にお土産(みやげ)としてお求(もと)めいただいております。** ◀Track 0402

Kochira wa takusan no okyakusama ni omiyage to shite omotome itadaite orimasu

這個很多人買來當土產。

⑨ **子供(こども)に人気(にんき)のあるお土産(みやげ)は何(なん)ですか。** ◀Track 0403

Kodomo ni ninki no aru omiyage wa nan desu ka

請告訴我小孩子會喜歡的土產。

⑩ **おとしよりに人気(にんき)のあるお土産(みやげ)は何(なん)ですか。** ◀Track 0404

Otoshiyori ni ninki no aru omiyage wa nan desu ka

請告訴我老人家會喜歡的土產。

⑪ **これは手作(てづく)りですか。** ◀Track 0405

Kore wa tezukuri desu ka

這個是手工的嗎？

⑫ これはご当地の特産フルーツを使って作ったものですか。 ◀ Track 0406

Kore wa gotouchi no tokusan huruutsu o tsukatte tukutta mono desu ka

這是用當地特產的水果做的嗎？

⑬ 何か飾り物を買いたいですね。 ◀ Track 0407

Nani ka kazarimono o kaitai desu ne

我想買一些裝飾品。

⑭ この中にいくつ入っていますか。 ◀ Track 0408

Kono naka ni ikutsu haitte imasu ka

這一盒裡面有幾個？

⑮ たくさんの人に少しずつおすそ分けできるお菓子がほしいです。 ◀ Track 0409

Takusan no hito ni sukoshi zutsu osusowake dekiru okashi ga hoshii desu

我想找適合分送多人的小包裝點心。

⑯ これは私の友達、好きじゃないと思う。 ◀ Track 0410

Kore wa watashi no tomodachi, suki janai to omou

這個大概不是我朋友會喜歡的東西。

⑰ **この飾(かざ)りは何(なに)か意味(いみ)ありますか。** *Track 0411*

Kono kazari wa nanika imi arimasu ka

這個擺飾有什麼意義嗎？

⑱ **何(なに)か伝統的(でんとうてき)で日本(にほん)らしいお土産(みやげ)はありますか。** *Track 0412*

Nani ka dentouteki de nihon rashii omiyage wa arimasu ka

有什麼具傳統風情的東西嗎？

⑲ **この中身(なかみ)は何(なん)ですか。** *Track 0413*

Kono nakami wa nan desu ka

這個內容物是什麼？

⑳ **このお菓子(かし)はどんなお茶(ちゃ)に合(あ)いますか。** *Track 0414*

Kono okashi wa donna ocha ni aimasu ka

這個點心適合搭配哪一種茶呢？

㉑ **この茶葉(ちゃば)はここで採(と)れたものですか。** *Track 0415*

Kono chaba wa koko de toreta mono desu ka

這罐茶葉是這邊產的嗎？

㉒ **これは作(つく)り立(た)てですか。** *Track 0416*

Kore wa tsukuri tate desu ka

這個是現做的嗎？

㉓ 試食（ししょく）してもいいですか。 Track 0417

Shishoku shitemo ii desu ka

可以試吃看看嗎？

㉔ それぞれの味（あじ）のを一（ひと）つずつください。 Track 0418

Sorezore no aji no o hitotsu zutsu kudasai

我要每一種口味各一盒。

5-5

買紀念品 的相關單字！

① お土産（みやげ） omiyage 伴手禮；土產

② 特産品（とくさんひん） tokusanhin 特產品

③ おすすめ osusume 推薦

④ 包装（ほうそう） housou 包裝

⑤ 手作り（てづく） tezukuri 手工

⑥ 当地（とうち） touchi 當地

⑦ 飾り物（かざもの） kazarimono 裝飾品

⑧ 友達（ともだち） tomodachi 朋友

⑨ 伝統的（でんとうてき） dentouteki 傳統的

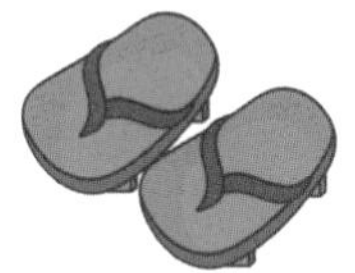

⑩ 中身（なかみ） nakami 內容物

⑪ お菓子（かし） okashi 點心零食

⑫ 煎餅（せんべい） senbei 仙貝、煎餅

⑬ 飴（あめ） ame 糖果

⑭ 茶葉（ちゃば） chaba 茶葉

⑮ 抹茶（まっちゃ） matcha 抹茶

5-6 退換貨

大肆採買後，發現商品不合適該如何是好？許多人因為怕麻煩，認為多一事不如少一事，摸摸鼻子就算了。但如果只需要幾句簡單日文，就能輕鬆換貨或退貨，為何不試試看呢？像我雖然在結帳前都會試穿或再三確認，但總有需要退換貨的時候，因此熟練以下的會話，說不定會有派上用場的機會喔！

❶ これを返品(へんぴん)したいのですが……。 Track 0419

Kore o henpin shitaino desu ga

我想退貨。

❷ これを新(あたら)しいものと取(と)り替(か)えていただけますか。 Track 0420

Kore o atarashii mono to torikaete itadakemasu ka

可以幫我把這個換一個新的嗎？

❸ これを別(べつ)のものと交換(こうかん)していただけますか。 Track 0421

Kore o betsu no mono to koukan shite itadakemasu ka

可以幫我把這個換成別的東西嗎？

❹ これを他(ほか)のサイズと交換(こうかん)したいのですが……。 Track 0422

Kore o hoka no saizu to koukan shitaino desu ga

我想把這個換成別的尺寸。

❺ 他(ほか)の色(いろ)のに交換(こうかん)できますか Track 0423

Hoka no iro no ni koukan dekimasu ka

可以換別的顏色嗎？

⑥ 返品(へんぴん)の理由(りゆう)をお伺(うかが)いしてもよろしいですか。 ◀ Track 0424

Henpin no riyuu o oukagai shitemo yoroshii desu ka

請問退貨的理由是什麼呢？

⑦ これは不良品(ふりょうひん)みたいです。 ◀ Track 0425

Kore wa huryouhin mitai desu

這個好像是瑕疵品。

⑧ ここが破(やぶ)れています。 ◀ Track 0426

Koko ga yaburete imasu

這邊破掉了。

⑨ ここに傷(きず)があります。 ◀ Track 0427

Koko ni kizu ga arimasu

這邊有裂痕。

⑩ これ、期限切(きげんぎ)れです。 ◀ Track 0428

Kore, kigengire desu

這個過期了。

⑪ ここに染(し)みがあります。 ◀ Track 0429

Koko ni shimi ga arimasu

這裡有髒汙。

⑫ 壊（こわ）れています。 Track 0430

koware tei masu

它是壞的。

⑬ 正（ただ）しい使（つか）い方（かた）をしましたよ。 Track 0431

Tadashii tsukaikata o shimashita yo

我有正確使用喔。

⑭ サイズを間違（まちが）えました。 Track 0432

Saizu o machigae mashita

我買錯尺寸了。

⑮ レシートに書（か）かれた数（かず）が買（か）ったのと合（あ）わないんです。 Track 0433

Reshiito ni kakareta kazu ga katta no to awanain desu

收據上寫的數量和我買的不合。

⑯ これがレシートです。 Track 0434

Kore ga reshiito desu

這個是收據。

⑰ レシートなしで返品（へんぴん）できますか。 Track 0435

Reshiito nashi de henpin dekimasu ka

沒有收據可以退貨嗎？

⑱ 特売品は返品や交換ができますか。 Track 0436

Tokubaihin wa henpin ya koukan ga dekimasu ka

特價品可以退換貨嗎？

⑲ 返金をお願いします。 Track 0437

Henkin o onegai shimasu

請退費給我。

⑳ まだ袋を開けていません。 Track 0438

Mada hukuro o akete imasen

我還沒拆封。

㉑ 商品のタグはまだついています。 Track 0439

Shouhin no tagu wa mada tsuite imasu

商品吊牌還在。

㉒ マネージャーを呼んでもらえますか。 Track 0440

Maneejaa o yonde moraemasu ka

請經理出來跟我説好嗎？

㉓ 全額返金できますか。 Track 0441

Zengaku henkin dekimasu ka

會退全額嗎？

㉔ 新(あたら)しいのとお取替(とりか)えいたします。 Track 0442

Atarashii no to otorikae itashimasu

我們會換新的給您。

㉕ 払(はら)い戻(もど)しします。 Track 0443

Haraimodoshi shimasu

我們會退錢。

退換貨的相關單字！

❶ 返品（へんぴん） henpin 退貨

❷ 取替（とりかえ） torikae 換貨

❸ 交換（こうかん） koukan 交換、換貨

❹ 不良品（ふりょうひん） furyouhin 瑕疵品

❺ 特売品（とくばいひん） tokubaihin 特價品

❻ タグ tagu 吊牌

❼ 期限切れ（きげんぎれ） kigengire 過期

⑧ 染み（し） shimi 髒汙、汙點

⑨ 汚れ（けが） kegare 髒汙

⑩ ひび hibi 裂痕

⑪ 割れる（わ） wareru 破裂

⑫ 壊れる（こわ） kowareru 壞掉的

⑬ 開封（かいふう） kaifuu 拆封

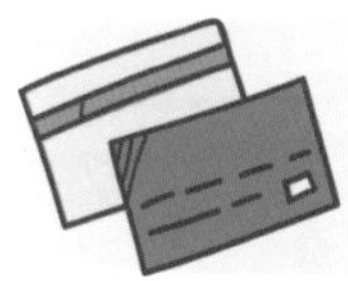

⑭ 返金（へんきん） henkin 退費

⑮ 全額返金（ぜんがくへんきん） zengaku henkin 全額退費

5-7 買各種東西都適用

「購物」是我到日本必排的行程，每次去都會滿載而歸。想在日本到處買透透，有些基本的會話是不可或缺的，快把這些句子學起來，才能買得開心、不留遺憾！

❶ 安(やす)くしていただけませんか。 ◀Track 0444

Yasuku shite itadakemasen ka

可以算便宜一點嗎？

❷ 3000円(さんぜんえん)にしていただけませんか。 ◀Track 0445

San zen en ni shite itadakemasen ka

可以算我三千元嗎？

❸ 見(み)ているだけです。 ◀Track 0446

Mite iru dake desu

我看看而已。

❹ この商品(しょうひん)を探(さが)しているのですが。 ◀Track 0447

Kono shouhin o sagashite iruno desu ga

我想找這個商品。

❺ すみません。ちょっといいですか。 ◀Track 0448

Sumimasen, chotto ii desu ka

不好意思，可以來一下嗎？

❻ これを見(み)せていただけますか。 ◀Track 0449

Kore o misete itadakemasu ka

可以給我看看這個嗎？

❼ これと似(に)ているものはありますか。 ◀Track 0450

Kore to nite iru mono wa arimasu ka

有跟這個類似的嗎？

---

❽ もっと安(やす)いのはありませんか。 ◀Track 0451

Motto yasuino wa arimasen ka

還有更便宜的嗎？

---

❾ どちらがよく売(う)れていますか。 ◀Track 0452

Dochira ga yoku urete imasu ka

哪個賣的比較好呢？

---

❿ 一番人気(いちばんにんき)の商品(しょうひん)はどれですか。 ◀Track 0453

Ichiban ninki no shouhin wa dore desu ka

你們的熱銷商品是什麼？

⓫ こちらに新(あたら)しく入荷(にゅうか)した商品(しょうひん)があります。 ◀Track 0454

Kochira ni atarashiku nyuuka shita shouhin ga arimasu

這邊有新進貨的商品。

⓬ これは何(なん)でできていますか。 ◀Track 0455

Kore wa nan de dekite imasu ka

這是什麼做的？

⑬ これはどこで作（つく）られたものですか。 Track 0456

Kore wa doko de tsukurareta mono desu ka

這是哪裡做的？

⑭ 手（て）に取（と）って見（み）てもいいですか。 Track 0457

Te ni totte mitemo ii desu ka

可以拿起來看嗎？

⑮ この２つ（ふた）の違（ちが）いは何（なん）ですか。 Track 0458

Kono hutatsu no chigai wa nan desu ka

這兩個差在哪裡？

⑯ こちらの商品（しょうひん）の在庫（ざいこ）はありますか。 Track 0459

Kochira no shouhin no zaiko wa arimasu ka

這個商品還有貨嗎？

⑰ ここに置（お）いてあるものだけでしょうか。 Track 0460

Koko ni oite aru mono dake deshou ka

只有架上這些嗎？

⑱ これは数（かず）に限（かぎ）りがありますか。 Track 0461

Kore wa kazu ni kagiri ga arimasu ka

這是限量的嗎？

⑲ 大売出し（おおうりだ）です。 Track 0462

Oouridashi desu

這是清倉大拍賣。

⑳ これをください。 Track 0463

Kore o kudasai

我要這個。

㉑ やめておきます。 Track 0464

Yamete okimasu

不用了。

㉒ 別々（べつべつ）に包（つつ）んでください。 Track 0465

Betsubetsu ni tsutsunde kudasai

請幫我分開裝。

㉓ プレゼント用（よう）にラッピングしていただけますか。 Track 0466

Purezento you ni rappingu shite itadakemasu ka

可以幫我包裝成送人的禮物嗎？

㉔ リボンを付（つ）けてください。 Track 0467

Ribin o tsukete kudasai

請幫我打上緞帶。

㉕ 袋（ふくろ）はいりません。

Track 0468

Hukuro wa irimasen

不需要袋子。

㉖ いくらにしてくれますか。

Track 0469

Ikura ni shite kuremasuka

打折後共多少錢？

5-7

買各種東西都適用

的相關單字！

① 円（えん） en 元

② 商品（しょうひん） shouhin 商品

③ 安い（やすい） yasui 便宜

④ 激安（げきやす） gekiyasu 非常便宜

⑤ 割引（わりびき） waribiki 折扣

⑥ 値引き（ねびき） nebiki 降價

⑦ 値下（ねさげ） nesage 降價

⑧ サービス品（ひん） saabisuhin 特價品

⑨ 処分品（しょぶんひん） shobunhin 出清品、福利品

⑩ 訳（わけ）あり品（ひん） wakearihin 瑕疵商品

⑪ 半額（はんがく） hangaku 半價

⑫ 無料（むりょう） muryou 免費

⑬ 在庫（ざいこ） zaiko 還有庫存

⑭ 品切（しなぎ）れ shinagire 售完

⑮ 目玉商品（めだましょうひん） medama shouhin 人氣商品、重點商品

5-8 金錢消費相關

出國玩樂一定要精打細算，如果學會詢問價錢、殺價、換錢等簡單的日文會話，就非常方便。以下與金錢相關的基本句子都是我出國時常常用到的，非常簡單又實用，大家也一起把這幾句學起來吧！

❶ **いくらですか。** *Track 0470*

Ikura desu ka

多少錢？

❷ **高(たか)すぎます。** *Track 0471*

Takasugimasu

太貴了。

❸ **安(やす)いですね。** *Track 0472*

Yasui desu ne

好便宜。

❹ **私(わたし)には高(たか)すぎます。** *Track 0473*

Watashi ni wa takasugimasu

對我來說太貴了。

❺ **お金(かね)が足(た)りません。** *Track 0474*

Okane ga tarimasen

我錢不夠。

❻ **もっと安(やす)くしてもらえませんか。** *Track 0475*

Motto yasuku shite moraemasen ka

能不能再算便宜一點？

❼ **割引(わりびき)ができますか。** *Track 0476*

Waribiki ga dekimasu ka

有沒有打折？

❽ ご予算(よさん)はいかほどでございますか。 Track 0477

Goyosan wa ikahodo de gozaimasu ka

您的預算是多少？

❾ 得(とく)しました。 Track 0478

Toku shimashita

真划算。

❿ 私(わたし)が持(も)ちます。 Track 0479

Watashi ga mochimasu

我來付。

⓫ 割(わ)り勘(かん)にしましょう。 Track 0480

Warikan ni shimashou

費用我們均攤吧。

⓬ お会計(かいけい)は別々(べつべつ)でお願(ねが)いします。 Track 0481

Okaikei wa betsubetsu de onegai shimasu

請幫我們分開結帳。

⓭ 細(こま)かいのがなくてすみません。 Track 0482

Komakai no ga nakute sumimasen

抱歉我沒有零錢。

⑭ 両替(りょうがえ)をお願(ねが)いできますか。 ◀ Track 0483

Ryougae o onegai dekimasu ka

能麻煩你幫我換錢嗎？

⑮ この一万円札(いちまんえんさつ)を崩(くず)していただけませんか。 ◀ Track 0484

Kono ichi man en satsu o kuzushite itadakemasen ka

能請你幫我將這張萬元鈔換開嗎？

⑯ 最寄(もよ)りの ATM はどちらですか。 ◀ Track 0485

Moyori no ATM wa dochira desu ka

請問最近的 ATM 在哪？

⑰ クレジットカードは使(つか)えますか。 ◀ Track 0486

Kurejitto kaado wa tsukaemasu ka

能刷卡嗎？

⑱ 税金(ぜいきん)は含(ふく)まれていますか。 ◀ Track 0487

Zeikin wa hukumarete imasu ka

這有含稅嗎？

⑲ 税込(ぜいこ)みですか。 ◀ Track 0488

Zeikomi desu ka

這是含稅價嗎？

⑳ これは免税(めんぜい)の対象(たいしょう)になりますか。 Track 0489

Kore wa menzei no taishou ni narimasu ka

這個有算在免稅品的範圍之內嗎？

㉑ 免税(めんぜい)カウンターはありますか。 Track 0490

Menzei kauntaa wa arimasu ka

請問有免稅櫃檯嗎？

㉒ 税金(ぜいきん)の払(はら)い戻(もど)しをお願(ねが)いします。 Track 0491

Zeikin no harai modoshi o onegai shimasu

我要退稅。

㉓ 税金払(ぜいきんはら)い戻(もど)しの手続(てつづ)きを教(おし)えてください。 Track 0492

Zeikin harai modoshi no tetsuzuki o oshiete kudasai

請教我退稅的步驟。

㉔ 当店(とうてん)では免税(めんぜい)できません。 Track 0493

Touten de wa menzei dekimasen

本店無法免稅。

㉕ クレジットカードがどうして使(つか)えませんか。 Track 0494

Kurejitto kaado ga doushite tsukaemasen ka

信用卡為什麼刷不過呢？

5-8

金錢消費相關

的相關單字！

❶ お金（かね） okane 錢

❷ 予算（よさん） yosan 預算

❸ 得（とく） toku 划算

❹ クーポン ku-pon 優惠券

❺ 値札（ねふだ） nehuda 價格標籤

❻ レジ reji 收銀台

❼ 支払（しはら）う shiharau 付錢

6

朝聖日本好容易
四處玩樂開口說！

來場深度之旅，認識日本的世界遺產！

聯合國教科文組織的世界遺產委員會依據《保護世界文化和自然遺產公約》指定對全世界人類具有「突出的普世價值」的特殊自然遺產與文化遺產。在日本，就有高達 25 項世界遺產！去日本玩的時候，也可以一併體驗看看！

以下列舉幾個一定要去看看的世界遺產：

1. 位於兵庫縣的姬路城
2. 古都京都文化財產
3. 古都奈良的文化財產
4. 白川鄉與五箇山合掌村
5. 廣島和平紀念公園、原爆遺址
6. 廣島縣的嚴島神社
7. 沖繩縣琉球王國的城堡及相關遺產群
8. 紀伊山地的聖地和參拜道
9. 明治日本的工業革命遺跡
10. 國立西洋美術館本館

6-1 參觀博物館、美術館

日本有很多獨特的美術館及博物館，我通常會在行程中安排完整的一天看場展覽。去這些地方時，一定要先弄清楚參觀資訊。建議大家練習說說以下的會話，旅遊時就能派上用場囉！

開館時間は何時ですか。

❶ 開館時間(かいかんじかん)は何時(なんじ)ですか。 ◀Track 0495

Kaikan jikan wa nanji desu ka

開館時間是幾點？

❷ 休館日(きゅうかんび)はいつですか。 ◀Track 0496

Kyuukanbi wa itsu desu ka

休館日是什麼時候？

❸ 本日休館(ほんじつきゅうかん)です。 ◀Track 0497

Honjitsu kyuukan desu

本日休館。

❹ 団体割引(だんたいわりびき)はありますか。 ◀Track 0498

Dantai waribiki wa arimasu ka

有團體優惠嗎？

❺ 学生割引(がくせいわりびき)はありますか。 ◀Track 0499

Gakusei waribiki wa arimasu ka

有學生優惠嗎？

❻ 月曜以外(げつようíがい)は毎日営業(まいにちえいぎょう)しています。 ◀Track 0500

Getsuyou igai wa mainichi eigyou shite imasu

除週一外每天都開放。

❼ 入館料（にゅうかんりょう）は無料（むりょう）です。 ◀ Track 0501

Nyuukanryou wa muryou desu

入館是免費的。

❽ 今（いま）、何（なに）か特別展示（とくべつてんじ）はありますか。 ◀ Track 0502

Ima, nanika tokubetu tenji wa arimasu ka

現在有什麼特展嗎？

❾ ただいま閉館中（へいかんちゅう）でございます。 ◀ Track 0503

Tadaima heikanchuu de gozaimasu

目前暫不對外開放。

❿ 特別展示（とくべつてんじ）は別料金（べつりょうきん）ですか。 ◀ Track 0504

Tokubetsu tenji wa betsu ryoukin desu ka

特展要另外付費嗎？

⓫ 館内案内図（かんないあんないず）はどこで手（て）に入（はい）りますか。 ◀ Track 0505

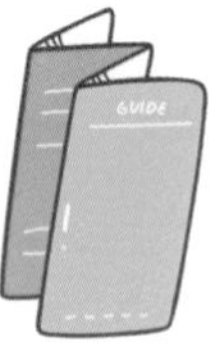

Kannai annaizu wa doko de te ni hairimasu ka

在哪可以取得館內簡介圖呢？

⓬ どこでバッグを預（あず）けられますか。 ◀ Track 0506

Doko de baggu o azukeraremasu ka

哪邊可以寄放包包呢？

⑬ 音声（おんせい）ガイドはありますか。 Track 0507

Onsei gaido wa arimasu ka

有語音導覽嗎？

⑭ 中国語（ちゅうごくご）のガイドブックはありますか。 Track 0508

Chuugokugo no gaido bukku wa arimasu ka

有中文的導覽書嗎？

⑮ 入り口（いりぐち）はどこですか。 Track 0509

Iriguchi wa doko desu ka

入口在哪裡？

⑯ これが私（わたし）のチケットです。 Track 0510

Kore ga watashi no chiketto desu

這是我的門票。

⑰ このエリアでは写真撮影（しゃしんさつえい）は可能（かのう）となっています。 Track 0511

Kono eria dewa shashin satsuei wa kanou to natte imasu

這個區域可以拍照。

⑱ **何(なに)か有名(ゆうめい)な作品(さくひん)は展示(てんじ)されていますか。** ◀ Track 0512

Nani ka yuumei na sakuhin wa tenji sarete imasu ka

有展出什麼有名的作品嗎？

⑲ **この中(なか)をすべて見(み)るには、時間(じかん)はどのくらいかかりますか。** ◀ Track 0513

Kono naka o subete miru ni wa, jikan wa dono kurai kakarimasu ka

這裡面要全部看完，大概需要多少時間呢？

⑳ **これは誰(だれ)の作品(さくひん)ですか。** ◀ Track 0514

Kore wa dare no sakuhin desu ka

這是誰的作品呢？

㉑ **これはいつ頃(ごろ)の作品(さくひん)ですか。** ◀ Track 0515

Kore wa itsu goro no sakuhin desu ka

這是何時的作品呢？

㉒ **手(て)を触(ふ)れないでください。** ◀ Track 0516

Te o hurenaide kudasai

請勿觸摸。

㉓ ギフトショップはどこですか。

Track 0517

Gihuto shoppu wa doko desu ka

禮品店在哪裡？

㉔ この特別展覧会(とくべつてんらんかい)の記念品(きねんひん)を買(か)いたいのですが。

Track 0518

Kono tokubetsu tenrankai no kinenhin o kaitaino desu ga

我想要買這個特展的周邊商品。

㉕ 使用済(しようず)みチケットで何(なに)か特典(とくてん)はありますか。

Track 0519

Shiyouzumi chiketto de nani ka tokuten wa arimasu ka

憑票根有什麼優惠嗎？

6-1

參觀博物館、美術館

的相關單字！

1 博物館（はくぶつかん） hakubutsukan 博物館

2 美術館（びじゅつかん） bijutsukan 美術館

3 休館（きゅうかん） kyuukan 休館

4 開館（かいかん） kaikan 開館

5 閉館（へいかん） heikan 開館

6 団体割引（だんたいわりびき） dantai waribiki 團體優惠

7 学生割引（がくせいわりびき） gakusei waribiki 學生優惠

⑧ **チケット** chiketto 門票

⑨ **案内**（あんない） annai 導覽、介紹

⑩ **ガイド** gaido 導覽

⑪ **ガイドブック** gaido bukku 導覽書

⑫ **特別展示**（とくべつてんじ） tokubetsu tenji 特展

⑬ **作品**（さくひん） sakuhin 作品

⑭ **記念品**（きねんひん） kinenhin 紀念品

⑮ **写真**（しゃしん） shashin 照片

6-2 造訪寺院神社

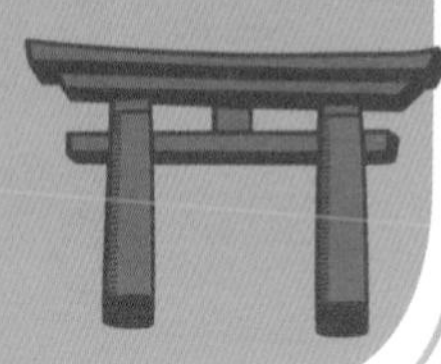

寺院和神社是瞭解日本文化必去的地點，我有時會去買一些御守作紀念。去這些地點時，要先弄清楚參觀資訊與相關禮儀，才不會失禮、鬧笑話。建議大家練習說說以下的會話，旅遊時就能派上用場囉！

お守（まも）りをください。

御守

❶ お守(まも)りをください。 Track 0520

Omamori o kudasai

請給我御守。

❷ 何時(なんじ)から何時(なんじ)までお参(まい)りできますか。 Track 0521

Nanji kara nanji made omairi dekimasu ka

可參拜的時間是幾點到幾點？

❸ 拝観料(はいかんりょう)はありますか。 Track 0522

Haikanryou wa arimasu ka

需要付參觀費嗎？

❹ 拝観料(はいかんりょう)はおいくらですか。 Track 0523

Haikanryou wa oikura desu ka

參觀費是多少錢呢？

❺ ここのご利益(りやく)は何(なん)ですか。 Track 0524

Koko no goriyaku wa nan desu ka

這裡能夠祈求什麼事情呢？

❻ お参(まい)りの順序(じゅんじょ)はありますか。 Track 0525

Omairi no junjo wa arimasu ka

參拜時有固定的順序嗎？

❼ 手水の正しい作法を教えてください。 Track 0526

Chouzu no tadashii sahou o oshiete kudasai

請教我手水正確的使用方式。

❽ 正しい参拝作法を教えていただけませんか。 Track 0527

Tadashii sanpai sahou o oshiete itadakemasen ka

能請您教我正確的參拜方式嗎？

❾ お賽銭はいくら入れればいいのですか。 Track 0528

Osaisen wa ikura irereba iino desu ka

香油錢該投多少好呢？

❿ この神社は縁結びの神様だそうですよ。 Track 0529

Kono jinja wa enmusubi no kamisama da sou desu yo

這間神社據說求姻緣很靈。

⓫ 初詣でおみくじを引きました。 Track 0530

Hatsumoude de omikuji o hikimashita

新年參拜時抽了籤。

⑫ 私(わたし)は昨日(きのう)清水寺(きよみずでら)へ行(い)きました。 Track 0531

Watashi wa kinou kiyomizu-dera e ikimashita

我昨天去拜清水寺。

⑬ 家族(かぞく)みんなが幸(しあわ)せに健康(けんこう)に過(す)ごせますように。 Track 0532

Kazoku minna ga shiawase ni kenkou ni sugosemasuyouni

希望全家人都能身體健康、萬事如意。

⑭ 代理祈願(だいりきがん)はできますか。 Track 0533

Dairi kigan wa dekimasu ka

可以代人祈福嗎？

⑮ お礼参(れいまい)りはどのようにすればいいのですか。 Track 0534

Orei mairi wa dono you ni sureba iino desu ka

還願時該怎麼做？

⑯ おみくじはどこに結(むす)べばいいのですか。 Track 0535

Omikuji wa doko ni musubeba iino desu ka

神籤該綁在哪裡？

⑰ 初詣の参拝客、本当に多いですね。 ◀Track 0536

Hatsumoude no sanpaikyaku, hontou ni ooi desu ne

新年參拜的人潮真多。

⑱ 海外に住んでいる外国人も参拝していいんですか。 ◀Track 0537

Kaigai ni sunde iru gaikokujin mo sanpai shite iin desu ka

住在海外的外國人也能祈福嗎？

⑲ お礼参りに来られないんですけど、どうすればいいですか。 ◀Track 0538

Orei mairi ni korarenain desu kedo, dou sureba ii desu ka

無法回來還願該怎麼做？

⑳ お守りはどんな種類がありますか。 ◀Track 0539

Omamori wa donna shurui ga arimasu ka

販售的御守有哪些種類呢？

㉑ 古くなったお守りはここに返しますか。 ◀Track 0540

Huruku natta omamori wa koko ni kaeshimasu ka

舊的御守要寄回來嗎？

㉒ **古(ふる)くなったお守(まも)りはどう処分(しょぶん)すればいいのですか。** Track 0541

Huruku natta omamori wa dou shobun sureba iino desu ka

舊的御守該如何處理呢？

㉓ **御朱印(ごしゅいん)を頂(いただ)きたいのですが……。** Track 0542

Goshuin o itadakitaino desu ga

我想領取朱印。

㉔ **このお守(まも)り、どうやって持(も)っていれば一番(いちばん)ご利益(りやく)があるのですか。** Track 0543

Kono omamori, dou yatte motte ireba ichiban goriyaku ga aruno desu ka

這個御守要怎麼帶效果才會最好？

6-2

造訪寺院神社

的相關單字！

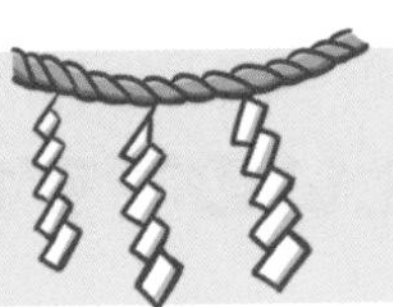

① 神社（じんじゃ） jinja 神社

② 神様（かみさま） kamisama 神明

③ お守（まも）り omamori 御守

④ 参拝（さんぱい） sanpai 參拜

⑤ お参（まい）り omairi 參拜

⑥ 手水（ちょうず） Chouzu 去神社洗淨手的程序

⑦ 賽銭（さいせん） saisen 香油錢

はつ ほ りょう
⑧ **初穂料** hatuho ryou 香油錢

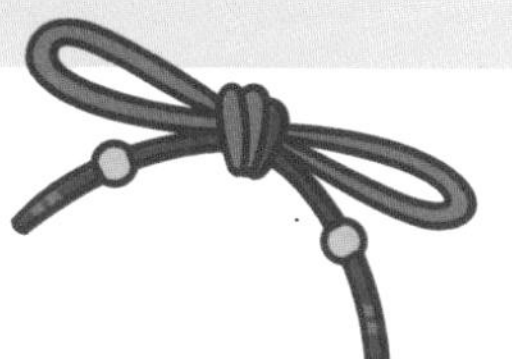

えんむす
⑨ **縁結** enmusubi 姻緣

はつもうで
⑩ **初詣** Hatsumoude 新年參拜

さんどう
⑪ **参道** sandou 到祭祀場所參拜的道路

え ま
⑫ **絵馬** ema 日本祈願時用的木板奉納物

いの
⑬ **祈る** inoru 祈求

ご しゅいん
⑭ **御朱印** goshuin 日本佛寺或神社給予的參拜證明

⑮ **おみくじ** omikuji 神籤

小花的遊日 貼心小提醒

參訪寺院神社，體驗獨特的日本文化

日本的寺院、神社是許多外國旅客喜歡造訪的景點之一，我自己也很喜歡在行程中安排參訪寺院或神社，不但能體驗日本的特有文化，還能祈願與買御守，建議大家也可以去體驗看看喔！

因為寺院和神社都是莊嚴肅穆的宗教場所，參訪時一定要注意音量，不可大聲喧嘩。由於某些寺院的室內是禁止拍照的，建議大家一定要注意院方的告示喔！

參拜神社、寺院的小叮嚀

▶神社、寺院傻傻分不清楚？

神社是神道教信仰的建築設施，而寺院則則是佛教神明的建築設施。大家可以從它們的特徵來區分。神社的入口處會設有「鳥居」（牌坊）；寺院則設有被稱為「山門」的門。

▶神社的參拜方式

步驟 ❶：在手水舍漱口、洗手

「手水舍」的水盤上會擺放帶柄的勺子，千萬不要以為這是拿來喝水用的喔，這是用來淨心淨身的。關於洗手與漱口的方式，可以參考相關告示，或是請教他人。

步驟 ❷：投香油錢

把香油錢輕輕地投入香錢匣，投多少錢並無限制，我通常都投 5 元或 10 元，只要心意有到，投多少都可以，但建議避開一些不吉利的數字（65、75、85、95、500 元）。

步驟 ❸：搖響鈴噹

搖鈴的用意是向神致意，有些神社沒有鈴時，可以省略此步驟。

步驟 ❹：鞠躬兩次→拍兩次手→雙手合掌→鞠躬一次。

▶寺廟的參拜方式

寺院的參拜規矩沒有神社那麼多。如果有手水舍，一樣要先洗手漱口，然後再前往拜殿。如果有蠟燭和線香，就要先到規定的位置燃燭焚香。接著投香油錢，再雙手合掌默禱後一鞠躬，不須拍手。

6-3 去遊樂園

遊樂園是個創造歡樂回憶的夢幻景點，我最喜歡體驗不同的遊樂設施、參加卡通人物遊行，以及拍一堆照片！想要好好享受遊樂園的一切，就靠以下這些基本的會話來解決買票、排隊等困擾吧！

❶ このアトラクションには ファストパスはありますか。 *Track 0544*

Kono atorakushon ni wa fasuto pasu wa arimasu ka

這項遊樂設施有發行快速通行券嗎？

❷ 開園時間（かいえんじかん）は何時（なんじ）ですか。 *Track 0545*

Kaien jikan wa nanji desu ka

開園時間是幾點？

❸ ファストパスはどうやってもらうのですか。 *Track 0546*

Fasuto pasu wa dou yatte morauno desu ka

要怎樣才能拿到快速通行券呢？

❹ コインロッカーはありますか。 *Track 0547*

Koin rokkaa wa arimasu ka

有投幣寄物櫃嗎？

❺ 荷物（にもつ）を預（あず）けてもいいですか。 *Track 0548*

Nimotsu o azuketemo ii desu ka

可以寄放行李嗎？

❻ マップはありますか。 *Track 0549*

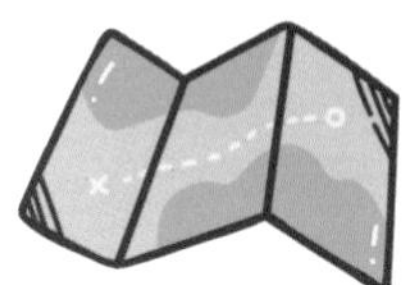

Mappu wa arimasu ka

有園區地圖嗎？

⑦ このアトラクションは濡(ぬ)れますか。 *Track 0550*

Kono atorakushon wa nuremasu ka

搭這項遊樂設施會弄濕嗎？

⑧ このアトラクションは一周(いっしゅう)何分(なんぷん)くらいかかりますか。 *Track 0551*

Kono atorakushon wa isshuu nan pun kurai kakarimasu ka

這項遊樂設施搭一輪大概要幾分鐘？

⑨ 身長(しんちょう)制限(せいげん)はありますか。 *Track 0552*

Shinchou seigen wa arimasu ka

有身高限制嗎？

⑩ 6歳(ろくさい)以下(いか)のお子様(こさま)には付添(つきそ)いの大人(おとな)の方(かた)が必要(ひつよう)になります。 *Track 0553*

Roku sai ika no okosama ni wa tsukisoi no otona no kata ga hitsuyou ni narimasu

6 歲以下的孩童需有成人陪同。

⑪ 只今(ただいま)待(ま)ち時間(じかん)は20分(にじゅうぷん)です。 *Track 0554*

Tadaima machi jikan wa nijuppun desu

現在的等待時間為 20 分鐘。

⑫ **配布(はいふ)される整理券(せいりけん)に従(したが)ってご入場(にゅうじょう)ください。** ◀Track 0555

Haihu sareru seiri ken ni shitagatte gonyuujou kudasai

請依照發放的號碼牌入場。

⑬ **一番前(いちばんまえ)の席(せき)に座(すわ)りたいのですが……。** ◀Track 0556

Ichiban mae no seki ni suwaritaino desu ga

我想坐最前面的位子。

⑭ **次(つぎ)のショーは何時(なんじ)からですか。** ◀Track 0557

Tsugi no shoo wa nanji kara desu ka

下一場表演是幾點開始？

⑮ **今日(きょう)はどんなショーがありますか。** ◀Track 0558

Kyou wa donna shoo ga arimasu ka

今天的表演有哪些？

⑯ **絶対見逃(ぜったいみのが)してはいけないショーとかはありますか。** ◀Track 0559

Zettai minogashitewa ikenai shoo toka wa arimasu ka

有什麼非看不可的表演嗎？

⑰ ショーはあと どれくらいで 始(はじ)まりますか。 ◀Track 0560

Shoo wa ato dore kurai de hajimarimasu ka

表演大概還有多久會開始？

⑱ ここはパレードルートに 入(はい)っていますか。 ◀Track 0561

Koko wa pareedo ruuto ni haitte imasu ka

這裡有在遊行路線的範圍內嗎？

⑲ ここでは花火(はなび)が見(み)えますか。 ◀Track 0562

Koko de wa hanabi ga miemasu ka

這裡看得見煙火嗎？

⑳ 子供(こども)向(む)けのアトラクションで 何(なに)かおすすめはありますか。 ◀Track 0563

Kodomo muke no atorakushon de nani ka osusume wa arimasu ka

有推薦什麼適合小孩子玩的遊樂設施嗎？

㉑ 少(すこ)し酔(よ)ってしまいました。 ◀Track 0564

Sukoshi yotte shimaimashita

我有點暈了。

㉒ 子供(こども)が迷子(まいご)になりました。 Track 0565

Kodomo ga maigo ni narimashita

小孩走丟了。

㉓ 迷子(まいご)センターはどこですか。 Track 0566

Maigo sentaa wa doko desu ka

詢問中心在哪裡？

㉔ お土産屋(みやげや)さんはどこにありますか。 Track 0567

Omiyageya-san wa doko ni arimasu ka

紀念品店在哪裡？

㉕ そのミッキーのカチューシャはどこで手(て)に入(はい)りますか。 Track 0568

Sono mikkii no kachuusha wa doko de te ni hairimasu ka

在哪裡可以買到那個米奇的頭箍？

㉖ ミッキーと一緒(いっしょ)に写真(しゃしん)を撮(と)ってもいいですか。 Track 0569

Mikkii to issho ni shashin o tottemo ii desu ka

可以跟米奇照相嗎？

6-3

在遊樂園
的相關單字！

① 遊園地(ゆうえんち) yuuenchi 遊樂園

② テーマパーク teema paaku 主題樂園

③ アトラクション atorakusyon 遊樂設施

④ 絶叫(ぜっきょう) マシン zekkyou masin 刺激的遊樂設施

⑤ コインロッカー koin rokkaa 投幣寄物櫃

⑥ 身長(しんちょう) 制限(せいげん) shinchou seigen 身高限制

⑦ 整理券(せいりけん) seiriken 號碼牌

⑧ お土産屋（みやげや） omiyageya 紀念品店

⑨ 花火（はなび） hanabi 煙火

⑩ パレード parade 遊行

⑪ マスコット masukotto 吉祥物

⑫ ジェットコースター jettokousutaa 雲霄飛車

⑬ 観覧車（かんらんしゃ） kanransha 摩天輪

⑭ バイキング baikingu 海盜船

⑮ メリーゴーランド meriigouraundo 旋轉木馬

6-4 觀賞表演

難得出國旅遊，有些人會想觀賞當地的音樂劇或現場的戲劇表演，體驗不同的文化。我有時為了追星，會特地飛到日本看演場會，一睹偶像的現場表演，這時若使用一些基本的會話，就更加暢行無阻啦！

当日券（とうじつけん）はありますか。

TICK

OPEN

❶ 当日券(とうじつけん)はありますか。 *Track 0570*

Toujitsuken wa arimasu ka

有當日票嗎？

❷ チケットはどこで買(か)えますか。 *Track 0571*

Chiketto wa doko de kaemasu ka

在哪買得到票呢？

❸ チケットはまだありますか。 *Track 0572*

Chiketto wa mada arimasu ka

還有票嗎？

❹ 並(なら)んでいる人(ひと)、多(おお)いですね。 *Track 0573*

Narande iru hito, ooi desu ne

排隊的人好多啊！

❺ これは入場(にゅうじょう)待(ま)ちの列(れつ)ですか。 *Track 0574*

Kore wa nyuujou machi no retsu desu ka

這是排入場的隊伍嗎？

❻ ここが最後尾(さいこうび)ですか。 *Track 0575*

Koko ga saikoubi desu ka

這裡是隊伍的最尾端嗎？

❼ 今(いま)から並(なら)んでも買(か)えますか。 *Track 0576*

Ima kara narandemo kaemasu ka

現在開始排隊還買得到嗎？

❽ **座席表(ざせきひょう)を見(み)せていただけますか。** Track 0577

Zasekihyou o misete itadakemasu ka

可以給我看看座位表嗎？

❾ **この席(せき)をお願(ねが)いします。** Track 0578

Kono seki o onegai shimasu

請給我這個位置。

❿ **この席(せき)はステージから遠(とお)いですか。** Track 0579

Kono seki wa suteeji kara tooi desu ka

這個位置會離舞台很遠嗎？

⓫ **開場(かいじょう)は何時(なんじ)からですか。** Track 0580

Kaijou wa nanji kara desu ka

幾點可以開始入場？

⓬ **上演時間(じょうえんじかん)はどのくらいありますか。** Track 0581

Jouen jikan wa dono kurai arimasu ka

演出時間大概多長？

⓭ **合間(あいま)の休憩(きゅうけい)はありますか。** Track 0582

Aima no kyuukei wa arimasu ka

中場會休息嗎？

⑭ **グッズ販売（はんばい）は行（おこな）っていますか。** *Track 0583*

Guzzu hanbai wa okonatte imasu ka

請問有販賣周邊商品嗎？

⑮ **パンフレットは売（う）っていますか。** *Track 0584*

Panhuretto wa utte imasu ka

請問有販賣表演手冊嘛？

⑯ **ポスターは売（う）っていますか。** *Track 0585*

Posutaa wa utte imasu ka

請問有販賣海報嗎？

⑰ **今（いま）はまだ入（はい）れますか。** *Track 0586*

Ima wa mada hairemasu ka

現在還能進去嗎？

⑱ **二階席（にかいせき）はどこから入（はい）るのですか。** *Track 0587*

Nikai seki wa doko kara hairuno desu ka

二樓的座位要從哪裡進去呢？

⑲ **席（せき）まで案内（あんない）していただけますか。** *Track 0588*

Seki made annai shite itadakemasu ka

可以帶我走到我的座位上嗎？

⑳ 本当(ほんとう)に素晴(すば)らしいショーでした。 Track 0589

Hontou ni subarashii shoo deshita

真是精采的表演啊！

㉑ アンコール！ Track 0590

Ankooru

安可！

㉒ ショーが終(お)わった後(あと)、サイン会(かい)がありますか。 Track 0591

Shoo ga owatta ato, sainkai ga arimasu ka

表演結束後有簽名會嗎？

㉓ サインをください。 Track 0592

Sain o kudasai

請幫我簽名。

㉔ 私(わたし)はあなたのファンです。 Track 0593

Watashi wa anata no fan desu

我是您的粉絲。

㉕ 今日(きょう)のショーは本当(ほんとう)に感動(かんどう)しました。 Track 0594

Kyou no shoo wa hontou ni kandou shimashita

今天的演出真讓人感動。

6-4

觀賞表演的相關單字！

1 当日券（とうじつけん） toujitsuken 當日票

2 並べる（ならべる） naraberu 排隊

3 ショー shou 表演

4 行列（ぎょうれつ） gyorretsu 隊伍

5 座席表（ざせきひょう） zasekihyou 座位表

6 入場（にゅうじょう） nyuujou 入場

7 二階（にかい） nikai 二樓

8 上演（じょうえん） jouen 演出

6-5 各個景點都適用

日本好玩的地方非常多，拜訪各個景點時，我習慣到遊客服務中心索取相關手冊，並詢問周邊觀光資訊。因為我本身是個拍照狂，自己一人旅行最不方便的就是沒朋友可以幫忙拍照，所以我每次都會開口請路人幫我拍張照留念。以下的會話都是我旅行時最常說的，使用這些日語可以讓旅行更順暢，你一起試著練習說說看吧！

すみません、観光案内所(かんこうあんないしょ)はどこですか。

map

❶ すみません、観光案内所(かんこうあんないしょ)はどこですか。 Track 0595

Sumimasen, kankou annai sho wa doko desu ka

請問觀光介紹所在哪裡？

❷ これ、もらってもいいですか。 Track 0596

Kore,morattemo ii desu ka

這個可以拿嗎？

❸ この辺(へん)の見(み)るべき所(ところ)を教(おし)えてください。 Track 0597

Kono hen no miru beki tokoro o oshiete kudasai

請告訴我這邊值得一看的地方。

❹ 今(いま)ご当地(とうち)のイベントは何(なに)をやっていますか。 Track 0598

Ima gotouchi no ibento wa nani o yatte imasu ka

現在有舉辦什麼當地活動嗎？

❺ サマーイベントは始(はじ)まりましたか。 Track 0599

Samaa ibento wa hajimarimashita ka

夏季活動開始了嗎？

❻ ここで記念(きねん)スタンプがもらえますか。 *Track 0600*

Koko de kineń sutanpu ga moraemasu ka

這邊可以蓋紀念章。

❼ 外国人(がいこくじん)向(む)けのパンフレットはありますか。 *Track 0601*

Gaikoku jin muke no panhuretto wa arimasu ka

有給外國人看的簡介小冊子嗎？

❽ この辺(へん)の観光地図(かんこうちず)はどこでもらえますか。 *Track 0602*

Kono hen no kankou chizu wa doko de moraemasu ka

在哪可以取得這附近的觀光地圖呢？

❾ ここで切符(きっぷ)の予約(よやく)ができますか。 *Track 0603*

koko de kippu no yoyaku ga dekimasu ka

這邊可以代訂車票嗎？

❿ ここで観光(かんこう)スポットの入場券(にゅうじょうけん)が買(か)えますか。 *Track 0604*

Koko de kankou supotto no nyuujouken ga kaemasu ka

這邊有販售景點門票嗎？

⑪ **紅葉**(こうよう)**が一番**(いちばん)**きれいなのはいつですか。** ◀Track 0605

Kouyou ga ichiban kirei na no wa itsudesu ka

楓葉最適合觀賞的時機是什麼時候呢？

⑫ **この辺**(へん)**におすすめの観光地**(かんこうち)**がありますか。** ◀Track 0606

Kono hen ni osusume no kankouchi ga arimasu ka

這附近有什麼推薦的嗎？

⑬ **ここで動画**(どうが)**を撮**(と)**ってもいいですか。** ◀Track 0607

Koko de douga o tottemo iidesu ka

這裡可以錄影嗎？

⑭ **ここで写真**(しゃしん)**を撮**(と)**ってもいいですか。** ◀Track 0608

Koko de shashin o tottemo iidesu ka

這裡可以拍照嗎？

⑮ **ここでフラッシュをたいてもいいですか。** ◀Track 0609

Koko de hurasshu o taitemo iidesu ka

可以開閃光燈嗎？

⑯ いい写真(しゃしん)が撮(と)れるスポットがありますか。 Track 0610

Ii shashin ga toreru supotto ga arimasu ka

有什麼適合拍照的好地方嗎？

⑰ 三脚(さんきゃく)のご使用(しよう)はご遠慮(えんりょ)ください。 Track 0611

Sankyaku no goshiyou wa goenryo kudasai

請勿使用腳架。

⑱ 写真(しゃしん)を撮(と)っていただけませんか。 Track 0612

Shashin o totte itadakemasen ka

可以請您幫我拍照嗎？

⑲ このボタンを押(お)すだけです。 Track 0613

Kono botan o osu dake desu

只要按這個按鈕就好了。

⑳ 富士山(ふじさん)を背景(はいけい)に入(い)れてください。 Track 0614

Hujisan o haikei ni irete kudasai

請把富士山拍進背景裡。

㉑ あなたの写真(しゃしん)を撮(と)ってもいいですか。 Track 0615

Anata no shashin o tottemo iidesu ka

請問可以拍你嗎？

㉒ 一緒（いっしょ）に写真（しゃしん）を撮（と）ってもいいですか。 Track 0616

Issho ni shashin o tottemo iidesu ka

請問能和我一起拍張照嗎？

㉓ シャッターを押（お）しましょうか。 Track 0617

Shattaa o oshimashou ka

我來幫你拍吧？

㉔ 写（うつ）しますよ、ハイ、チーズ。 Track 0618

Utsushimasu yo, hai, chiizu

要拍了喔，來～笑一個。

㉕ もう一枚（いちまい）。 Track 0619

Mou ichimai

再一張。

㉖ もっと近（ちか）づいて。 Track 0620

Motto chikazuite

再靠近一點。

㉗ お手洗（てあら）いはどこですか。 Track 0621

Otearai wa doko desu ka

洗手間在哪裡？

㉘ すみません、障碍者用（しょうがいしゃよう）のトイレはありますか。 ◀ Track 0622

Sumimasen, shougaisha-you no toire wa arimasu ka

請問有無障礙廁所嗎？

㉙ 入場料（にゅうじょうりょう）はいくらですか。 ◀ Track 0623

Nyuujouryou wa ikura desu ka

入場費是多少錢？

㉚ 一回（いっかい）出（で）た後（あと）でまた入（はい）れますか。 ◀ Track 0624

Ikkai deta ato de mata hairemasu ka

可以再入場嗎？

㉛ 中（なか）に入（はい）ってもいいですか。 ◀ Track 0625

Naka ni haittemo ii desu ka

可以進去裡面嗎？

㉜ すみません、車椅子（くるまいす）を借（か）りることができますか。 ◀ Track 0626

Sumimasen , kuruma-isu o kariru koto ga dekimasu ka

請問有租借輪椅嗎？

㉝ ベビーカーを借(か)りることができますか。

◀ Track 0627

Bebii-kaa o kariru koto ga dekimasu ka

有租借嬰兒車嗎？

㉞ すみません、ベビーカーを置(お)くところはありますか。

◀ Track 0628

Sumimasen , bebiikaa o oku tokoro wa arimasu ka

請問有借放嬰兒車的地方嗎？

㉟ すみません、おしめを換(か)えるところはありますか。

◀ Track 0629

Sumimasen , oshime o kaeru tokoro wa arimasu ka

請問有可以換尿布的地方嗎？

6-5

各個景點都適用

的相關單字！

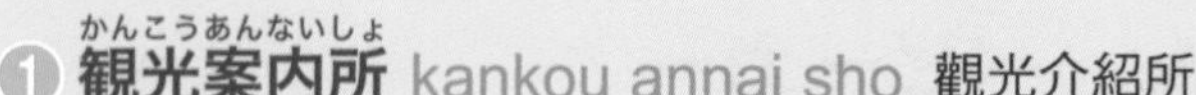

① 観光案内所（かんこうあんないしょ） kankou annai sho 觀光介紹所

② 記念（きねん）スタンプ kinen sutanpu 紀念章

③ 地図（ちず） chizu 地圖

④ 紅葉（こうよう） kouyou 楓葉

⑤ 桜（さくら） sakura 櫻花

⑥ 富士山（ふじさん） fujisan 富士山

⑦ 海（うみ） umi 大海

⑧ お手洗い（てあらい） otearai 洗手間

⑨ トイレ toire 洗手間

⑩ ツーショット tsuushotto 雙人合照

⑪ 撮る（とる） toru 拍攝

⑫ フラッシュ furasshu 閃光燈

⑬ 三脚（さんきゃく） sankyaku 腳架

⑭ 景色（けしき） keshiki 景色

⑮ 夜景（やけい） yakei 夜景

7

天有不測風雲
緊急狀況開口說！

知道這些，緊急狀況不用怕！

出國遊玩能夠平平安安是最好，但不怕一萬，只怕萬一，要是在日本遇到麻煩時，一定要及時求助！

遇到事故造成有人受傷的緊急狀況時，請撥打處理急救和火災的 119；若是無人受傷的衝突，請撥打警察局的專線 110。

如果在電車上遺失物品，到派出所報案時也請盡量提供「電車的路線名或進出的車站名」、「車廂位置」、「搭車時間」等詳細資料，提升找到遺失物的機會。如果是在百貨商場遺失物品的話，就要到服務台請對方協尋，如果服務台沒有找到，就要到派出所填寫「遺失物屆（遺失物登記表）」。

萬一丟失的是護照，一定要趕緊處理，請先去附近的派出所報案，取得報案證明，再帶著證明及 2 吋大頭照、證件影本到台北駐日經濟文化代表處申請「入國證明書」，這張入國證明書等同護照，離開日本時要告知地勤人員護照遺失並出示入國證明書，通關時也要記得出示入國證明書，填寫資料後即可通關。

7-1 問路

我是個超級路痴，就算有地圖或手機，還是常常迷路。當找不到路時，最好的方式就是直接開口問當地人，有時碰上熱心的人，還會親自帶我走一段路。建議大家多練習幾句常用的問路會話，就可以到處暢行無阻啦！

❶ すみません、道(みち)を聞(き)いてもいいですか。 ◀ Track 0630

Sumimasen, michi o kiitemo ii desu ka

不好意思，可以讓我問一下路嗎？

❷ どっちの道(みち)を行(い)けばいいでしょうか。 ◀ Track 0631

Docchi no michi o ikeba ii deshou ka

要走哪條路才對呢？

❸ 道(みち)に迷(まよ)っています。 ◀ Track 0632

Michi ni mayotte imasu

我迷路了。

❹ すみません。このレストランへはどうやって行(い)けばいいですか。 ◀ Track 0633

Sumimasen kono resutoran e wa dou yatte ikeba ii desu ka

請問這間餐廳要怎麼去？

❺ ここはどこですか。 ◀ Track 0634

Koko wa doko desu ka

請問這裡是哪裡？

❻ この地図(ちず)で教(おし)えてください。 ◀ Track 0635

Kono chizu de oshiete kudasai

請用這張地圖指給我。

⑦ さっきからずっと同じ場所を
ぐるぐる回っています。 ◀Track 0636

Sakki kara zutto onaji basho o guruguru mawatte imasu

我從剛才開始就一直在同個地方打轉。

⑧ 地図を描いていただけませんか。 ◀Track 0637

Chizu o kaite itadakemasen ka

能請您幫我畫一下地圖嗎？

⑨ 何か目印はありますか。 ◀Track 0638

Nani ka mejirushi wa arimasu ka

有什麼地標嗎？

⑩ すみません。近くにコンビニはあり
ますか。 ◀Track 0639

Sumimasen. Chikaku ni konbini wa arimasu ka

請問附近有便利商店嗎？

⑪ 本屋へはどうやって行けば
いいですか。 ◀Track 0640

Hon-ya e wa dou yatte ikeba ii desu ka

去書店要怎麼走？

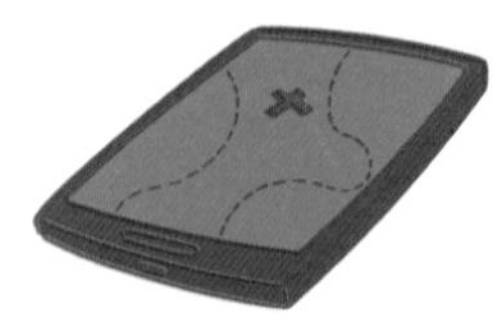

⑫ 前の人たちについていけば東京タワーに行けますよ。 Track 0641

Mae no hitotachi ni tsuite ikeba tokyo-tawaa ni ikemasu yo

和前面人潮一起走就會到東京鐵塔了。

⑬ どの道が一番近道ですか。 Track 0642

Dono michi ga ichiban chikamichi desu ka

走哪條路最近呢？

⑭ この場所まで歩いて行くのに大体何時間くらいかかりますか。 Track 0643

Kono basho made aruite iku no ni daitai nan jikan kurai kakarimasu ka

走到這個地方大約要花多少時間？

⑮ ここから近いですか。 Track 0644

Koko kara chikai desu ka

離這裡近嗎？

⑯ ここから遠いですか。 Track 0645

Koko kara tooi desu ka

離這邊遠嗎？

⑰ メインの大きな通りはどちらの方向にありますか。 ◀ Track 0646

Mein no ookina toori wa dochira no houkou ni arimasu ka

請問主要的幹道是在哪個方向？

⑱ この道の名前は何ですか。 ◀ Track 0647

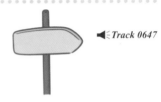

Kono michi no namae wa nan desu ka

請問這是什麼路？

⑲ 連れて行っていただけませんか。 ◀ Track 0648

Tsurete itte itadakemasen ka

可以請您帶我去嗎？

⑳ 見たらすぐにわかりますか。 ◀ Track 0649

Mitara sugu ni wakarimasu ka

一眼就能找到嗎？

㉑ この辺は詳しくないのです。 ◀ Track 0650

Kono hen wa kuwashiku naino desu

我對這附近不熟。

㉒ まっすぐ行ってください。 ◀ Track 0651

Massugu itte kudasai

請直走。

㉓ 交差点（こうさてん）を左（ひだり）に曲（ま）がってください。 Track 0652

Kousaten o hidari ni magatte kudasai

請在路口左轉。

㉔ こちらは遠回（とおまわ）りになりますよ。 Track 0653

Kochira wa toomawari ni narimasu yo

走這邊比較繞路喔。

㉕ 歩道橋（ほどうきょう）を渡（わた）ってください。 Track 0654

Hodoukyou o watatte kudasai

請走天橋。

7-1

問路

的相關單字！

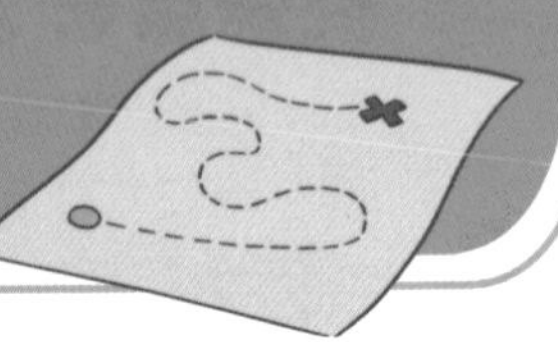

① 道に迷う（みち に まよう） michi ni mayou 迷路

② 聞く（きく） kiku 詢問

③ 道（みち） michi 街道

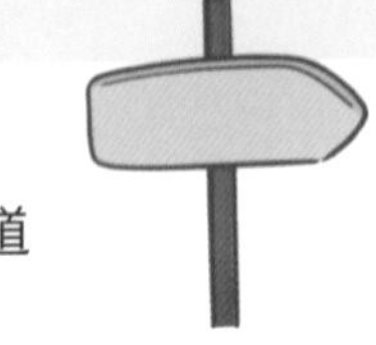

④ 通り（とおり） touri 街道

⑤ コンビニ konbini 便利商店

⑥ 本屋（ほんや） honya 書店

⑦ 近い（ちかい） chikai 近

⑧ 遠い（とお） tooi 遠

⑨ 交差点（こうさてん） kousaten 十字路口

⑩ 歩道橋（ほどうきょう） hodoukyou 天橋

⑪ 信号（しんごう） shingou 紅綠燈、交通信號

⑫ 踏切（ふみきり） fumikiri 平交道

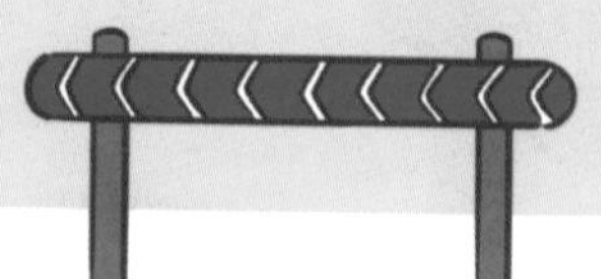

⑬ 角（かど） kado 轉角

⑭ 回り道（まわみち） mawarimichi 繞遠路

⑮ 近道（ちかみち） chikamichi 捷徑

7-2 物品遺失

出國最怕掉東西了，有時可能是自己迷糊弄丟錢包、相機，有時不幸被偷被搶，內心一定又急又慌。許多人碰到這些情形，往往礙於語言不通，只好摸摸鼻子自認倒楣，若這時運用以下的會話尋求幫助，或許能讓損失降到最低喔！

❶ 財布(さいふ)をなくしました。 ◀ Track 0655

Saihu o nakushimashita

我的錢包不見了。

❷ 電車(でんしゃ)にカメラを忘(わす)れてしまいました。 ◀ Track 0656

Densha ni kamera o wasurete shimaimashita

我把相機忘在電車上了。

❸ コートをどこに忘(わす)れたのか思(おも)い出(だ)せません。 ◀ Track 0657

Kooto o doko ni wasureta no ka omoidasemasen

我不曉得把外套忘在哪了。

❹ ノートパソコンをなくしてしまいました。 ◀ Track 0658

Nooto-pasokon o nakushite shimaimashita

我的筆電不見了。

❺ 座席(ざせき)の上(うえ)に携帯(けいたい)を忘(わす)れてしまいました。 ◀ Track 0659

Zaseki no ue ni keitai o wasurete shimaimashita

我的手機忘在坐位上了。

⑥ 私(わたし)の傘(かさ)がだれかに持(も)って行(い)かれました。 Track 0660

Watashi no kasa ga dareka ni motte ikaremashita

我的傘被別人拿走了。

⑦ 忘(わす)れ物(もの)の取扱所(とりあつかいじょ)はどこですか。 Track 0661

Wasuremono no toriatsukaijo wa doko desu ka

請問失物招領處在哪裡？

⑧ 落(おと)し物(もの)はどこに問(と)い合(あ)わせたらいいのですか。 Track 0662

Otoshimono wa doko ni toiawasetara iino desu ka

請問失物應該要去哪詢問呢？

⑨ 携帯(けいたい)を落(お)としたんですが、届(とど)いていませんか。 Track 0663

Keitai o otoshitan desu ga, todoite imasen ka

我弄丟了我的手機，請問有人送來嗎？

⑩ 探(さが)すのを手伝(てつだ)っていただけませんか。 Track 0664

Sagasu no o tetsudatte itadakemasen ka

請問能請您幫忙我找嗎？

⑪ 私（わたし）のバックパックが見（み）つかりません。アナウンスしていただけませんか。 ◀ Track 0665

Watashi no bakku-pakku ga mitsukarimasen. Anaunsu shite itadakemasen ka

我的背包不見了，可以幫我廣播嗎？

⑫ 見（み）つかりましたか。 ◀ Track 0666

Mitsukarimashita ka

找到了嗎？

⑬ 見（み）つかったら連絡（れんらく）してください。 ◀ Track 0667

Mitsukattara renraku shite kudasai

找到請連絡我。

⑭ 財布（さいふ）を盗（ぬす）まれました。 ◀ Track 0668

Saihu o nusumaremashita

我的錢包被偷了。

⑮ スリに遭（あ）いました。 ◀ Track 0669

Suri ni aimashita

我被扒了。

⑯ ひったくられました。 ◀ Track 0670

Hittakuraremashita

我被搶了。

どろぼう
⑰ 泥棒です。 ◀Track 0671

Dorobou desu

有小偷。

けいさつ　つうほう
⑱ 警察に通報すべきですか。 ◀Track 0672

Keisatsu ni tuuhou subeki desu ka

我應該報警嗎？

わたし　にもつ　み
⑲ だれか 私 の荷物を見ませんでしたか。 ◀Track 0673

Dare ka watashi no nimotsu o mimasendeshita ka

請問有人看到我的行李嗎？

ふんしつぶつ　もど
⑳ 紛失物は戻ってくることはありますか。 ◀Track 0674

Hunshitsubutsu wa modotte kuru koto wa arimasu ka

失物有可能找得回來嗎？

㉑ パスポートをなくしました。 ◀Track 0675

Pasupooto o nakushimashita

我的護照不見了。

とうなんとどけ　だ
㉒ 盗難 届 を出したいのですが……。 ◀Track 0676

Tounan todoke o dashitaino desu ga

我想要提報失竊。

㉓ 盜難証明書を書いてください。(とうなんしょうめいしょ / か) ◀Track 0677

Tounan shoumeisho o kaite kudasai

請幫我開失竊證明書。

㉔ 失くした物を取りに来てほしいという電話がありました。(な / もの / と / き / でんわ) ◀Track 0678

Nakushita mono o tori ni kite hoshii to iu denwa ga arimashita

我接到電話請我來領取失物。

㉕ 見つかりました。(み) ◀Track 0679

Mitsukarimashita

找到了。

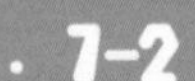

物品遺失的相關單字！

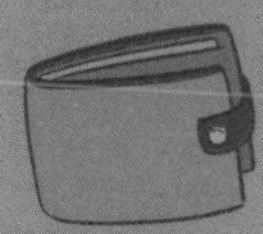

① さいふ 財布 saifu 錢包

② パソコン pasokon 個人電腦

③ とうなん 盜難 tounan 失竊

④ どろぼう 泥棒 dorobou 小偷

⑤ スリ suri 扒手

⑥ けいさつ 警察 keisatsu 警察

⑦ こうばん 交番 koban 派出所

⑧ 紛失（ふんしつ） funshitsu 遺失、丟失

⑨ 忘れ物（わすれもの） wasuremono 遺失物

⑩ 落とし物（おとしもの） otoshimono 遺失物

⑪ 遺失物（いしつぶつ） ishitsubutsu 遺失物

⑫ 遺失届（いしつとどけ） ishitsudoke 遺失證明書

⑬ 遺失物取り扱い所（いしつものとりあつかいしょ）

ishitsumono toriatsukaisho 失物招領處

⑭ 連絡（れんらく） renraku 聯絡

7-3 遭遇危險

出國旅遊最重要的就是「安全」，建議各位熟練以下的會話，如果真的不幸遇到危險時，這些簡單的日文就能派上用場啦！

救急車（きゅうきゅうしゃ）を呼（よ）んで（ください）！

❶ 救急車（きゅうきゅうしゃ）を呼（よ）んで（ください）！

Track 0680

Kyuukyuusha o yonde (kudasai)

快叫救護車！

❷ 警察（けいさつ）を呼（よ）んで（ください）！

Track 0681

Keisatsu o yonde (kudasai)

快報警！

❸ 110番（ひゃくとおばん）に電話（でんわ）して（ください）！

Track 0682

Hyaku too ban ni denwa shite (kudasai)

快打 110 ！

❹ 火事（かじ）です！

Track 0683

Kaji desu

失火了！

❺ 地震（じしん）です！

Track 0684

Jishin desu

地震了！

❻ 交通事故（こうつうじこ）です！

Track 0685

Koutsuu jiko desu

有車禍！

❼ 車(くるま)が燃(も)えています。 Track 0686

Kuruma ga moete imasu

車子起火了。

❽ 事故(じこ)です！ Track 0687

Jiko desu

發生意外了！

❾ 前(まえ)のほうでだれか酔(よ)っぱらっています。 Track 0688

Mae no hou de dare ka yopparatte imasu

前面有人喝醉了。

❿ 医者(いしゃ)を呼(よ)んで（ください）！ Track 0689

Isha o yonde (kudasai)

快找醫生來！

⓫ 怪我人(けがにん)がいます！ Track 0690

Kega nin ga imasu

有人受傷了！

⓬ 怪我(けが)をしました。 Track 0691

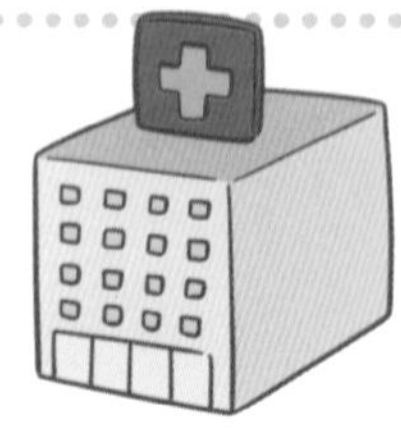

Kega o shimashita

我受傷了。

⑬ 出血（しゅっけつ）しています。  Track 0692

Shukketsu shite imasu

他流血了。

⑭ けんかです！ Track 0693

Kenka desu

有人在打架。

⑮ 誰（だれ）か！ Track 0694

Dareka

快來人啊！

⑯ 助（たす）けて！ Track 0695

Tasukete

救命！

⑰ 警察（けいさつ）を呼（よ）びますよ！ Track 0696

Keisatsu o yobimasu yo

我要報警囉！

⑱ 泥棒（どろぼう）！ Track 0697

Dorobou

小偷！

⑲ あの人(ひと)を捕(つか)まえて！ Track 0698

Ano hito o tsukamaete

抓住他！

⑳ この人(ひと)は痴漢(ちかん)です！ Track 0699

Kono hito wa chikan desu

這個人是色狼！

㉑ 危(あぶ)ない！ Track 0700

Abunai

危險！

㉒ これ以上(いじょう)近(ちか)づいたら大声(おおごえ)を出(だ)しますよ。 Track 0701

Kore ijou chikazuitara oogoe o dashimasu yo

你再靠近我就大叫囉！

㉓ ホテルまで送(おく)っていただけますか。 Track 0702

Hoteru made okutte itadakemasu ka

能請您送我回飯店嗎？

㉔ 怖（こわ）いです。 Track 0703

Kowai desu

我很害怕。

㉕ 私（わたし）の日本（にほん）の友達（ともだち）に連絡（れんらく）を取（と）っていただけませんか。 Track 0704

Watashi no nihon no tomodachi ni renraku o totte itadakemasen ka

請幫我聯繫我的日本的朋友。

7-3

遭遇危險 的相關單字！

① 救急車（きゅうきゅうしゃ） kyuukyuusha 救護車

② 火事（かじ） kaji 失火

③ 地震（じしん） jisin 地震

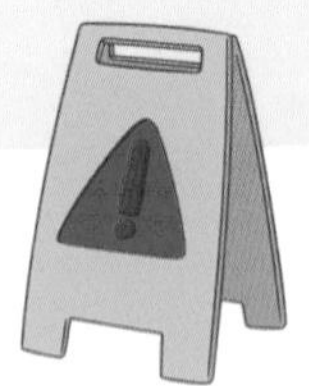

④ 交通事故（こうつうじこ） koutsuujiko 交通事故

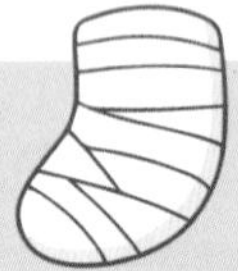

⑤ 事故（じこ） jiko 意外

⑥ 医者（いしゃ） isha 醫生

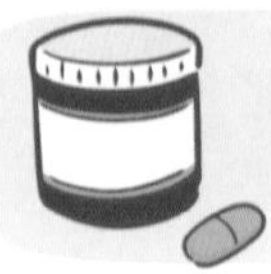

⑦ 怪我人（けがにん） keganin 受傷的人

⑧ 出血（しゅっけつ） syukketu 流血

⑨ 助けて（たすけて） tasukete 救命

⑩ 強盗（ごうとう） goutou 搶奪

⑪ 事情 聴取（じじょうちょうしゅ） jijou choushu 偵訊

⑫ 被害届（ひがいとどけ） higaitodoke 報案單

⑬ 捕まえる（つかまえる） tsuka maeru 抓捕

⑭ 目撃者（もくげきしゃ） mokugekisha 目擊者

⑮ 被害者（ひがいしゃ） higaisha 被害者

7-4 生病就醫

出國旅遊難免會碰上各種意外，記得多年前自己第一次赴日旅遊時，因為吃到不新鮮的生魚片，上吐下瀉一整天，幸好我有先準備一些求助就醫的相關基礎會話，這些簡單的日文在當時真的非常有幫助。

❶ 具合(ぐあい)が悪(わる)いです。

Track 0705

Guai ga warui desu

我人不舒服。

❷ ここが痛(いた)いです。

Track 0706

Koko ga itai desu

我這裡痛。

❸ 胃(い)が痛(いた)いです。

Track 0707

I ga itai desu

我胃痛。

❹ 頭痛(ずつう)がします。

Track 0708

Zutsuu ga shimasu

我頭痛。

❺ めまいがします。

Track 0709

Memai ga shimasu

我頭暈。

❻ 咳(せき)が止(と)まりません。

Track 0710

Seki ga tomarimasen

我咳個不停。

⑦ のどが痛(いた)いです。 ◀Track 0711

Nodo ga itai desu

我喉嚨發炎。

⑧ 熱(ねつ)があります。 ◀Track 0712

Netsu ga arimasu

我有發燒。

⑨ 吐(は)き気(け)がします。 ◀Track 0713

Hakike ga shimasu

我想吐。

⑩ お腹(なか)をこわしています。 ◀Track 0714

Onaka o kowashite imasu

我吃壞肚子了。

⑪ 捻挫(ねんざ)しました。 ◀Track 0715

Nenza shimashita

我腳扭傷了。

⑫ 救急(きゅうきゅう)にかかりたいんですが。 ◀Track 0716

Kyuukyuu ni kakaritain desu ga

我要掛急診。

⑬ 注射（ちゅうしゃ）が必要ですか。 Track 0717

Chuusha ga hitsuyou desu ka

需要打針嗎？

⑭ まず横（よこ）になってください。 Track 0718

Mazu yoko ni natte kudasai

請先躺下來。

⑮ 妊娠中（にんしんちゅう）です。 Track 0719

Ninshin chuu desu

我是孕婦。

⑯ 薬物（やくぶつ）アレルギーを持（も）っています。 Track 0720

Yakubutsu arerugii o motte imasu

我有藥物過敏。

⑰ 血液型（けつえきがた）は O です。 Track 0721

Ketsuekigata wa oo desu

我血型是 O 型。

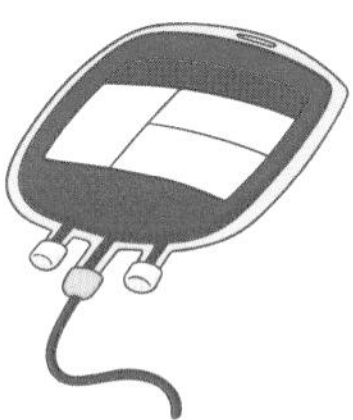

⑱ **どこで薬（くすり）をもらいますか。** Track 0722

Doko de kusuri o moraimasu ka

我要去哪裡領藥呢？

⑲ **一日（いちにち）に何回（なんかい）飲（の）めばいいですか。** Track 0723

Ichi nichi ni nankai nomeba ii desu ka

一天要吃幾次呢？

⑳ **薬（くすり）は食後（しょくご）ですか。** Track 0724

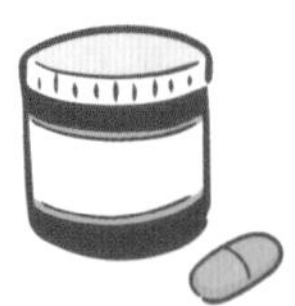

Kusuri wa shokugo desu ka

藥是飯後吃嗎？

㉑ **処方箋（しょほうせん）をいただけますか。** Track 0725

Shohousen o itadakemasu ka

可以給我處方籤嗎？

㉒ **入院（にゅういん）が必要（ひつよう）ですか。** Track 0726

Nyuuin ga hitsuyou desu ka

需要住院嗎？

㉓ **手術（しゅじゅつ）が必要（ひつよう）ですか。** Track 0727

Shujutsu ga hitsuyoo desu ka

需要開刀嗎？

㉔ いつ退院（たいいん）できますか。 Track 0728

Itsu taiin dekimasu ka

什麼時候可以出院呢？

㉕ 入院（にゅういん）の手続（てつづ）きはどうすればいいですか。 Track 0729

Nyuuin no tetsuzuki wa dou sureba ii desu ka

住院需要辦什麼手續呢？

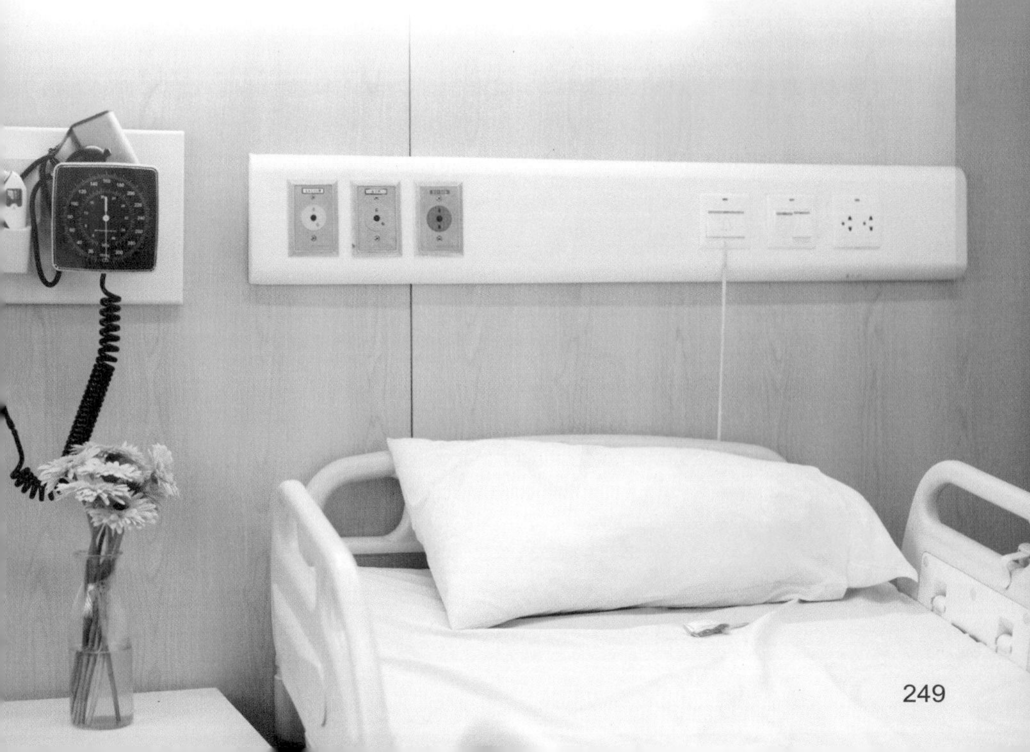

7-4

生病就醫的相關單字！

① 痛(いた)い itai 痛

② 頭痛(ずつう) zutsuu 頭痛

③ 喉(のど) nodo 喉嚨

④ めまい memai 頭暈

⑤ 咳(せき) seki 咳嗽

⑥ 熱(ねつ) netsu 發燒

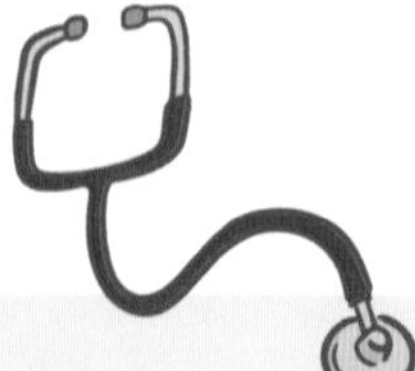

⑦ 吐(は)き気(け) hakike 想吐

⑧ 下痢（げり） geri 拉肚子

⑨ 風邪（かぜ） kaze 感冒

⑩ アレルギー arerugii 過敏

⑪ 捻挫（ねんざ） nenza 扭傷

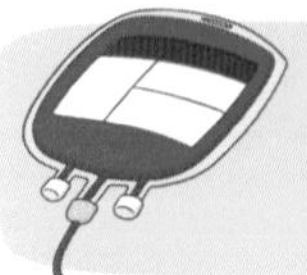

⑫ 血液型（けつえきがた） ketsuekigata 血型

⑬ 注射（ちゅうしゃ） chousha 打針

⑭ 処方箋（しょほうせん） shohousen 處方籤

⑮ 入院（にゅういん） nyuuin 住院

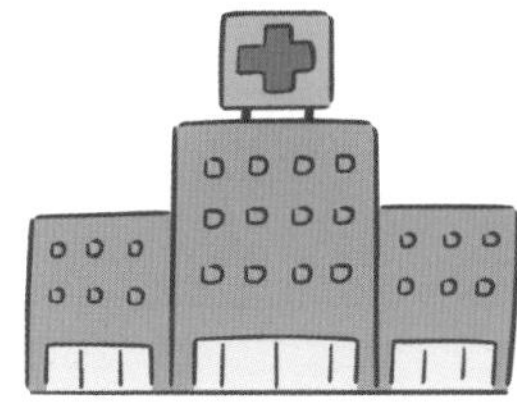

特別收錄

郵寄東西

我出國一定橫掃免稅商店、土產店，有時還要幫親朋好友買一堆東西，行李箱根本裝不下。後來，我發現去郵局將這些戰利品送回家，不但很方便，寄送時間也不長，所以這些寄東西時常用的基本會話，一定要分享給大家！

❶ これを航空便(こうくうびん)で送(おく)りたいのですが……。 ◀Track 0730

Kore o koukuu bin de okuritaino desu ga

我想用空運寄這個。

❷ 郵便局(ゆうびんきょく)はどこにありますか。 ◀Track 0731

Yuubinkyoku wa doko ni arimasu ka

請問郵局在哪？

❸ ポストはどこですか。 ◀Track 0732

Posuto wa doko desu ka

郵筒在哪裡？

❹ ７０円切手(ななじゅうえんきって)を２枚(まい)ください。 ◀Track 0733

Nanajuu en kitte o ni mai kudasai

請給我 2 張 70 元的郵票。

❺ はがきを一枚買(いちまいか)いたいのですが。 ◀Track 0734

Hagaki o ichi mai kaitaino desu ga

我想買一張明信片。

❻ これを台湾(たいわん)へ送(おく)りたいのですが……。 ◀Track 0735

Kore o Taiwan e okuritaino desu ga

我想把這個寄去台灣。

⑦ 何（なに）かフォームに記入（きにゅう）する必要（ひつよう）がありますか。

Track 0736

Nani ka foomu ni kinyuu suru hitsuyou ga arimasu ka

我需要填寫表單嗎？

⑧ 航空便（こうくうびん）ではどれくらいかかるのでしょうか。

Track 0737

Koukuu bin de wa dore kurai kakaruno deshou ka

寄空運大概需要多久呢？

⑨ 送料（そうりょう）はいくらですか。

Track 0738

Souryou wa ikura desu ka

運費是多少？

⑩ 箱（はこ）の中身（なかみ）は何（なん）ですか。

Track 0739

Haka no nakami wa nan desu ka

箱子裡的內容物是什麼？

⑪ **一番安い送り方は何ですか。** Track 0740

Ichiban yasui okurikata wa nan desu ka

最便宜的的寄送方式是哪種呢？

⑫ **その方法でお願いします。** Track 0741

Sono houhou de onegai shimasu

就用那種方式寄。

⑬ **書留にしてください。** Track 0742

Kakitome ni shite kudasai

請幫我掛號。

⑭ **中身は割れ物です。** Track 0743

Nakami wa waremono desu

裡面是易碎品。

⑮ **重量制限はありますか。** Track 0744

Juuryou seigen wa arimasu ka

重量有限制嗎？

原來如此 系列 J060

去日本玩！單句會話╳手指單字╳日本旅遊大補帖，第一次自由行不用怕！

跟著羅馬拼音念句子、用手指單字輕鬆溝通，超新手也能玩翻日本！

作　　者　張小花
繪　　者　張嘉容
顧　　問　曾文旭
社　　長　王毓芳
編輯統籌　黃璽宇、耿文國
主　　編　吳靜宜
執行主編　潘妍潔
執行編輯　吳芸蓁、吳欣蓉、范筱翎
美術編輯　王桂芳、張嘉容
法律顧問　北辰著作權事務所　蕭雄淋律師、幸秋妙律師

初　　版　2023年04月
出　　版　捷徑文化出版事業有限公司
電　　話　（02）2752-5618
傳　　真　（02）2752-5619

定　　價　新台幣320元／港幣107元
產品內容　1書

總 經 銷　采舍國際有限公司
地　　址　235 新北市中和區中山路二段366巷10號3樓
電　　話　（02）8245-8786
傳　　真　（02）8245-8718

港澳地區總經銷　和平圖書有限公司
地　　址　香港柴灣嘉業街12號百樂門大廈17樓
電　　話　（852）2804-6687
傳　　真　（852）2804-6409

書中部分圖片由Shutterstock及freepik圖庫網站提供。

國家圖書館出版品預行編目資料

去日本玩！單句會話╳手指單字╳日本旅遊大補帖，第一次自由行不用怕！ / 張小花著. -- 初版. -- [臺北市]：捷徑文化出版事業有限公司, 2023.04
面；　公分（原來如此：J060）
ISBN 978-626-7116-29-6(平裝)

1.CST: 日語 2.CST: 旅遊 3.CST: 會話

803.188　　112003051